地球无应答

王诺诺 作品

湖南文艺出版社
HUNAN LITERATURE AND ART PUBLISHING HOUSE

博集天卷
CS-BOOKY

十

漂泊了那么多年，我最大的发现并不是来自对宇宙的探索，而是来自地球。

他就像一首钢琴曲里最刺耳的杂音，灰色的暴雨迎面扑来，窗外的水花被轮胎溅得有一人高。

宇宙就像海洋。每一艘小舟向它的中心驶去，都是为了有一天能够返航。

句芒坐在温暖的海风里，看着太阳和鱼群一起渐渐沉没到海平面下。

宇宙一分为二，但总有一个宇宙里，我是和你在一起的。

人类最大的强项
就是善于创造抽象概念。

黑洞引擎是漂流文明对能量利用的又一次尝试。 ⋀⋀

虽然时间是个客观的量，
但人类对时间流速的感受却是主观的。

在交错的时空中穿梭，

置身未来看现实。

目 录

Chapter 1

△

一 趟 地 铁

每个乌托邦的构建者都忽略了人类本身的欲望，盲目用技术和体制来改造社会，制造理想国。

Chapter 2

△

一 个 睡 前 故 事

任何坚定的动力，在宇宙的浩大面前很容易被压缩到无限小。

Chapter 3

△

一 杯 咖 啡

电脑没有弱点，它的程序里没有被编进愤怒和快乐，只编进去了一条：赢。任何坚定的动力，在宇宙的浩大面前很容易被压缩到无限小。

Chapter 4

△

一 个 下 午

只要通过脑机接口连上中枢计算机'灰云'，现实世界的一秒，我们感受起来就是一天，一周，甚至一年。

一趟地铁

Chapter 1

每个乌托邦的构建者都忽略了人类本身的欲望，盲目用技术和体制来改造社会，制造理想国。

○

改良人类

冬眠前我曾惧怕醒来的时候会孤单，无法适应未来社会，但我怎么也没有想到，自己会在重获新生的那一天成为救世主。

"我睡了多久？"

"617 年零 3 个月。"

"什么？ 600 年……为什么才叫醒我！"我很想坐起来，却发现刚刚苏醒的身体使不出一丝力气。

"因为您患的病——肌萎缩侧索硬化，直到去年才研究出特效疗法。您是临床上的第一个康复案例呢！"

"那我的家人呢？"

"您父亲在 2113 年去世了，享年 118 岁，您母亲长寿一些，活到 134 岁，于 2130 年故去，他们都是寿终正寝。您的孪生弟弟，在您冬眠之后立志要找到治好您的方法，成了科学家，为了更好地参与科研，他经历了 3 次冬眠，最终于 2620 年去世。与您血缘在三代之内的亲属都不在人世了。您现在孤身一人！"护士小姐轻快地说。

撇开怪异的服装，这确实是个美人。小麦色的肌肤和深棕色的瞳仁让我无法分辨她的人种，但那双眼睛是明快的，窝着一汪水，让人觉得她的轻快里没有丝毫恶意。

"一个不剩了？"我绝望地问。

"一个都不剩了！"护士小姐露出了职业化的微笑，六颗牙，白光刺眼，"不过您放心，您父母留下的财产，在信托公司多年的管理下都大幅增值了，能确保您这辈子衣食无忧。何况……苏醒在一个最美好的时代，应该开心才对啊！"

"闭嘴！什么狗屁最好的时代！举目无亲的是我不是你！！"她的乐观像一把尖锐的刀，我终于爆发了。

护士小姐被我的吼声吓住，瞪着水灵灵的眼睛不知所措。

就在这时门外走来一个人。是个女人，肤色健康身材苗条，五官的轮廓深邃，细看起来，竟然与护士小姐有几分相像。

"刘海南先生，您睡得太久，有些知识需要更新了。"她的声音富有磁性且甜美，"我叫梨子，是人类改良工程的技术负责人，您的苏醒后续事宜由我来安排。"

我能感觉到肢体的控制力正渐渐恢复，便坐起身和她握手，她的手是光滑修长的，我不禁想，这女人气质高雅，样貌出众，连手都那么漂亮，她会有缺点吗？

"什么工程？"

"人类改良工程。"她重复道，"您的弟弟，刘辰北教授也曾经为这个工程工作。苏醒后您的身体情况很特殊，需要我们进行一些必要的调养，请跟随我来工程基地吧，路上我会向您进行详细的介绍。"

"你……不会是骗子吧？"

我说完后，发现自己实在是傻气。护士和梨子都笑了，她们连梨涡的形状都那么像。

"刘海南先生，真正想骗您钱的人，可不会把你叫醒再行骗啊！"

✕

梨子带我坐上代步的封闭式飞行器，我也有机会仔细看看 600 多年后的世界。

城市不再是扁平的，高耸入云的建筑物顶端由廊桥相连，在上空形成了一片网格。代步器在摩天森林的空中按照特定的轨道川流不息。最让人高兴的是，自然环境并没有因为科技发展而遭到破坏，网格外的天还是蓝的，树木生长在城市的各个维度。无论男女，每个人皆生着一张非常漂亮的脸，乍一看他们就像是亲戚一样。

看到这景象，我的心情稍稍得到舒缓，感叹道："看来世界是往好的方向发展了。"

"只是看起来如此而已。我们的世界正处于崩溃边缘。"梨子教授打断我，封闭式的飞行器不需要驾驶员，她坐在旁边为我做血压和心跳的测量。

"什么？刚才的护士明明说这是最好的时代啊。"

她停下手上的活儿，我看到那双又圆又大的眼睛里倒映着一个看起来格外困惑的我。

"最好的东西总是伴随着最高的风险，一切都得归功于人类改良工程。就让我来为您介绍一下这位披着天使外衣的恶魔吧。"她说，"在21世纪中后叶，试管婴儿在新生儿中的比例已经达到100%，随着生物工程技术的进步，对胚胎进行筛拣和改良的成本大大下降，于是，我们利用基因置换法消灭了99%的基因病。"

"基因置换？怎么置换？"

"向胚胎植入携带强势基因的机器人。"

"能跟我仔细讲讲吗？抱歉，我跟不上你们的时代。"

"没关系，睡了600多年，谁都需要一些时间来适应。简单来说，科学家们成功发明了一种具有染色体DNA测序功能的生物可降解纳米机器人，机器人一旦与受精卵内的染色体接触，就会开始测序，并换下原本导致疾病的基因，将其编辑成致病基因的等位健康基因，我们称之为强势基因。更改过的遗传物质序列会随着生殖传递给后代，而在胚胎的发育过程中，机器人会被降解，不会对胎儿产生副作用。只要一代人集体植入机器人，这种遗传病就会永远地消失。"她接着说，"后来随着基因密码的完全破译，我们用这种方法逐一攻克了所有已知的遗传病。"

"……这下避免了多少悲剧啊！"

"是的，"梨子教授脸上却露出了忧愁之色，她利落的眉毛拧蹙着，"如果人们在那个时候能知足就好了……"

"什么意思？"

"各项指标正常，恭喜您完全从冬眠中恢复过来。"她宣布道，收起检测仪器，她缓缓地说，"人的欲望是无限的，一旦掌握了随意修改DNA的技术，怎么可能仅仅满足于获得健康？"

我忽然有些明白了，为什么这里每个人的脸都整齐划一的漂亮。

"你是说……你们把改良基因的技术用在了人的五官上？"

梨子教授苦笑了一下："呵……不止五官。长相不好，个子不高，易胖，笨，甚至是雀斑，青春痘，汗毛过重和脚气病，都被视为劣等基因，都会被统一优越的强势基因替代！仅仅几十年时间，我们用基因置换法修改了几乎所有性状，甚至最后……连控制性格和个性的基因也被修改了，人类第一次从根本上'操控'了自己的性格。"

"为什么要操控性格？"

"这样可以通过'改变人'来'改变社会'啊。修改暴躁易怒的基因，让世界上的暴力冲突大大缓和，修改控制生殖欲望的基因，让出轨、重婚一类的家庭悲剧减少。讽刺小说里的乌托邦之所以会是乌托邦，就是因为每个乌托邦的构建者都忽略了人类本身的欲望，盲目地用技术和体制来改造社会，制造理想国。如果将改造的矛头对准人，修改人本身的欲望，再将这些善良温和的人叠加，乌托邦自然就会应运而生。我想在这一点上，人类改良工程做出了不可估量的贡献。"

"是的，你们战胜了达尔文的进化论，人可以随心所欲地……设计人类，再通过设计人类来设计社会！"

"也没有那么神。当基因置换法修改了人类几乎所有性状之后，问题就出现了——遗传性状变得极其不稳定。缺少千万年的演化和适应，新配组的 DNA 在分裂和分化的时候发生基因突变的概率大大增加。相比改良人类之前，天生残疾个体的数量反而增多了。"

我望向飞行器的窗外，城市网格上行走的都是健全人，不禁问："可我并没有看到残疾人啊？难道你们把他们集中起来处理了？"

"哈哈哈……"她笑起来非常好看，眼睛是甜的，嘴角是软的，如果放在我沉睡前的那个时代，肯定是可以当明星的，"您把我们想得太残暴了，在脱离了工业社会之后，对个体生命的尊重是人类最基本的共识，更何况人道毁灭是治标不治本的办法。为了解决突变问题，我们在修改基因这条路上继续走了下去。在您沉睡 250 年后，我们发现一组位于 18 号染色体上的基因可以控制遗传物质突变的速度。将遗传物质的成分稍加更改，整个基因组的稳定性就大大增强了。就像一把锁，这组基因能够'锁死'其他染色体上的基因序列。用机器人将这一组'基因锁'植入胚胎，随机变异问题就被杜绝了。"她顿了一下，"当然也是有副作用的，因为遗传物质的构成发生了改变，新生儿与他们后代的基因不再能够与携带强势基因的机器人发生反应，像以前一样修改遗传物质变得几乎不可能了。"

"那又有什么关系呢？你们已经完美了啊。智商高，外貌好，性格温和，不需要改良了呀，只要把基因'锁'上，保证稳定就行了。"

"当时的决策层也是这么想的，他们不顾科学家的极力反对，对所有胚胎植入了基因锁。"

"怎么看这都是好的做法：每个人类个体都拥有统一优良的性状，没有天生残疾，社会和谐发展。为什么科学家要反对呢？"

⋈

梨子教授没有直接回答，我们的飞行器垂直穿过网格摩天大楼，到了一处地下工事。厚重的铅门徐缓打开，她示意我进去。于是我迈步踏入，发现地板向前运动，无须我走动，就可以将我送到目的地。

"这人类改良工程总部怎么修得那么神秘？"

"原来我们的总部在地面，也是在高楼里。20 年前我们开始进行一项研究，需要高度保密。这个办公地点大约就是那个时候启用的。"

"高度保密的研究，我怎么能进来参观？"

她转过来对着我："……因为我们需要您的帮助，刘海南先生！"她的眼睛里闪烁着真诚的光，"事实上，您很可能就是把人类从深渊里拉出来的希望！"

"别别别，你在说什么呢？"我着实吓了一跳。

"您别着急，我的说法可能夸张了，您才苏醒，也许还没准备好一下子接受那么多信息。"

地板带着我拐进了一间类似控制室的屋子，但里面并没有操作人员，只有墙壁和天花板屏幕上的数据面板跳闪着规则的光。

"这间屋子装载着我们的中央计算机，它的运算速度比您所处年代最快的计算机要高 40 亿倍。我们用它来模拟病毒和细菌的进化。"她狡黠一笑，"不过当然，它的屏幕那么大，用来放幻灯片效果也是很棒的。"

话音落下，屏幕上的数字就暗下来，光线从周围的四面屏幕投下来，全息影像打在了房间中央，是一团模糊混沌的影子。

"我们以为自己克服了疾病、丑陋和愚笨，却没想到这引发了更大的危机……"

全息图随着梨子教授的语速慢慢变化着，混沌中渐渐出现了村落、玉米田、图腾柱……炊烟袅袅，鸡犬相闻，我仿佛置身于 16 世纪前还未被西班牙人染指的美洲印第安人聚居地。

"人的基因原本是多样化的。即使是不利于生存的性状，常常也会成为隐性基因，藏在遗传物质里，在后代身上显现。多样化对个体来说，未必是一件好事，但对人类整个物种来说，却是极具优势的。"

全息图变化着，欧洲人在一片喧嚣中登陆了，杀戮、奴役、瘟疫和大火，平和的村庄变成修罗场。

"因为欧洲人和印第安人的基因不同，同样的天花病毒，对欧洲人的致死率是10%，而对印第安人则是90%。可以说，即使排除了抗体的影响，天花也是一种更加容易感染印第安人的病毒。"

画面从印第安村庄转变成一个山洞，洞里的人个头矮小，容貌丑陋。山洞外狂风暴雪，人们即使围着篝火相互偎依，还是忍不住瑟瑟发抖。

"尼安德特人，和我们的祖先晚期智人同源，只是更早地'走出非洲'。因为身体构造和大脑容量无法适应冰期遭到淘汰，而晚期智人相对尼安德特人具有生存优势。智人的基因更适应环境，没有被寒冷淘汰，这才将南方古猿的血脉延续至今。"

全息图里的篝火熄灭，画面暗下来……

"基因多样化，是物种面对环境变化的武器。无论多大的灾难，也只能消灭一部分人，另一部分人拥有适宜变化后环境的基因，就会生存下来继续繁衍……而我们现在亲手把这一武器销毁了。"

"你的意思是，现在人的基因都是高度统一的了？"

"是的，我们把太多美好的性状加在胚胎里了，而美好的事物总是有统一标准的。无论所处哪个洲，人类个体基因的相似度都远远高出你那个年代，且失去了突变的可能。而在决策层意识到问题的严重性之前，这种状态已经持续了300多年，所有没携带基因锁的人都已经逝世，除了实验室保存的基因片段标本，我们能取得的未经修改的遗传物质，特别是多样的'劣势基因'，可谓少之又少。"

"但那又有什么关系呢？就算没有基因多样性了，这个社会看起来也是一片和谐，哪里来的灾难呢？"

屋子中间的全息图再度亮起，出现了几个奇形怪状的物体。都是足球大小，有的扁圆，有的长满绒毛，有的非常简单，只是螺旋状的一段，被薄膜覆盖。

"这是什么？"

"几种病毒。"她平静地说，"当然这只是它们的放大影像。因为我们已经破译了人类的遗传密码，所以它们对我们的伤害变得很好测算。这几种病毒是测算出来最危险的，它们攻击我们高度统一的特定形状，可以用三周时间杀死95%以上的人类。"

"什么？！"

"放心，这些病毒只是计算机根据现有病毒测算出的变异版本，它们还没有在自然界中真实存在呢。只是这几个，"她将手伸入一个病毒的全息图中，取出了它的遗传物质，拉长放大，并把它拖入一个对比图中，"它们的基因，跟现存的一种病毒太像了。"在对比图里，这魔鬼病毒的基因，与常见的流感病毒只有三四处细微差别。

"这也太可怕了，万一恐怖组织掌握了修改病毒的技术，后果不堪设想。"

梨子教授将全息图关闭，地板又移动起来，带着我们往控制室外部走。"这倒不必担心，现在的人生性热爱和平，恐怖组织早就不存在了。但有这种变异潜能的病毒，何止千万种，大多还没有被我们发现，光是潜在的自然界里的随机变异就极可能在哪一天把我们全部杀死！"

地板停在了一个类似冷冻库的地方。

"这是病毒库，"她介绍说，"我们没换隔离服不能进去。这里面收藏着人工变异出来的几种新病毒，传染性不如刚刚全息图里的那些，但也能在三个月的时间内杀死99%以上的人类。根据计算机测算，在人类基因高度相似的情况下，未来100年内，我们被变异病毒清洗的概率是80%。事实上，之前的300年，在我们循序渐进改良基因的过程中，居然没有大规模瘟疫爆发，已经是一个奇迹了。"

她说完又用大眼睛看着我。"刘海南先生，现在您还觉得这是个美好的时代吗？"

看着冷冻库门上标示的硕大的红色警告标志，我忽然想起了什么。

"明白了……我身上有没被上锁的基因！这就是你来找我的原因！"

她点点头表示赞同："是的，刘海南先生。商用冬眠技术于2032年成熟，您在2045年进入沉睡，而基因改良技术是2052年正式启动的，您正好躲过了整个基因改良工程。和您同一时间段进入冬眠的8000多人，是拯救人类的关键。"

"才8000多人……"

"除了你们，还有一部分在基因改良工程初期冬眠的人，但他们的基因已经被部分改良了，利用价值不如你们的。"

"原来如此……只要能够拯救人类，我可以完全配合你们的工作。"

梨子教授的一些发丝散下来,她用手拨到耳后,嘴唇紧紧抿着,似乎接下来的要求难以启齿。

"为了给人类一个有希望的未来,20年前我们启动了'火种计划',您的基因就是我们文明延续下去的火种。所以……我们需要取一些您的干细胞。"

"我明白了,就像捐骨髓对吗?"

"并不全像,需要断断续续注射一些先导素。希望您这段时间先不要回府邸,在这里住着吧,加强锻炼和营养,我们会给您最好的看护服务。"

⋈

她把我安排进了基地里一处幽静的住所。接下来的几天我在护士的陪同下,慢慢熟悉了这个世界。我也像这个时代的其他人一样,穿上了可以保持血压体温却非常难看的紧身服,吃起了搭配均衡的营养膏,甚至报名参加了一门封闭式飞行器的驾驶课程。

一如梨子教授所说,这个时代社会和谐,人人幸福,空气清新,科技发达。诸如此类的幻象,常常会使我忘了悬在人类头上的达摩克利斯之剑。不过也正是因为这一切美好的事物,使我坚定了参加人类改良计划的决心。

冬眠前我曾惧怕醒来的时候会孤单,无法适应未来社会,但我怎么也没有想到,自己会在重获新生的那一天成为救世主。

这让我在 600 多年后的孤独世界里再一次找到了存在的意义……我很欣慰。

⋈

直到我再次遇见弟弟。

在稍稍熟悉基本情况后，我获准可以在基地的部分空间自由行走，当我再次走进装着巨型计算机的控制室时，全息投影自动亮起。

"哥哥，好久不见了。"一位身着白色大褂的老者向我走来。

"哥哥？"即使知道这是投影，我也被吓得摸不着头脑。

"哥哥，我知道对你来说这难以置信。我是刘辰北，不知道他们向你透露了多少我的信息，但肯定没人能猜到，我会在计算机程序里加入识别我个人基因的插件。你的基因序列和我的完全一样，一旦你独自走入这间房，电脑就会识别，播放全息投影。我录的全息影像可以回答你的特定问题，这也算是我们兄弟最后一次的对话吧。"

我盯着这位老者认真地端详了一番，他的脸因为岁月流逝而松弛粗糙，但依稀还能看得出当年的样子——和我一模一样的相貌。辰北，我的双胞胎弟弟，没想到我们再见面是以这样的方式！

"哥哥，我带来的不是好消息，"他扶了扶眼镜，干瘪的嘴唇翕动了几下，仿佛下了很大的决心才说出口，"你的病并没有被治好。"

"什么？！"我还在兄弟重逢的情绪中没有缓过来，这句话给了我当头一棒。

"在你冬眠后，我投身 ALS（肌萎缩侧索硬化）治疗方法的研究，但研究的进度始终停留在缓解病情的阶段，最终也没有找到根治方法。哥哥……我对不起你！"

"这怎么可能，600 多年啊！ 600 多年的时间！居然没有找到治疗方法？！"我被突如其来的噩耗打击的情绪失控。

"其实真正的研究只持续了不到 30 年。基因置换法的发明消灭了所有基因病，从那以后，就再也不会有机构拨款研究基因病的治疗了……这个道理你怎么会想不到呢？"

我恍然大悟，但还是想抓住最后一根稻草，梨子……

对的，梨子教授她是一个笑起来非常温暖漂亮的女人，怎么可能会骗我呢？！

"我不相信！你的意思是……梨子教授是一个骗子？"

"她并没有什么都骗你，人类确实面临着危机，火种计划也是真的。但……"他顿了顿，苍老的声音变得颤抖，"你应该没见到其他从冬眠中苏醒的人吧，不好奇吗？"

"他们去哪儿了？"我问道。

他指了指脚下。

光影又开始变化，另一幅场景被投射到房间中央：男女老少，数百具身体浸泡在独立的玻璃缸中。淡黄色的液体里，他们的身体是灰白肿胖的，面无表情，了无生机。

"她说得好听，火种计划……你的基因是火种，可你的肉体只是炮灰！"辰北的声音因为激动变得颤抖起来，"他们要刺激没上锁的基因，让它不停变异，直到在 18 号染色体上发现一段可以'开锁'的基因，将它植入所有胚胎。等所有的基因锁都开了，基因多样性增强了一些，再把基因锁重新导入胚胎，在一定程度上稳定保持人类的优良性状。他们这是在试图寻找一个多样性和单一性的平衡点啊！"

"但为什么要把冬眠苏醒的人泡在缸子里？"

"18 号染色体上的'钥匙'基因的序列，20 多年前电脑就测算出来了，但要得到它还要更多的变异。而变异最快的方式，不是刺激已经提出体外的细胞，而是让细胞留在体内，刺激人体，让体内的激素和细胞相互作用，从而得到他们想要的基因序列。你的身体，就是他们最理想的培养皿！"

看着全息投影里了无生机的躯体，想着自己变成他们中的一员，我不禁一阵反胃。

"梨子跟我说，尊重每个人的生命，是这个社会的共识，他们怎么会把人做成'培养皿'呢？"

"尊重每个人的生命……呵呵呵……每个……人！"他忽然加重了语调，"尊重的对象只会是人，你会去尊重一只猴子吗？"

我觉得他问得莫名其妙，便愣在那里。

"那些改良人漂亮，高大，聪明，从每个层次上都碾压你我，他们还会觉得我们是'人'吗？！当年光是人种之间的互相歧视都已经到了水火不相容的地步，何况如今他们与我们的区别比人种之间的区别大了不止千百倍！当人与人之间的优劣明显到了这种地步，一切通行于他们社会的道德伦理，都不会适用于我们。"

我瘫软在那里。

"唤醒你是为了将细胞恢复活性，"他似乎还嫌我被刺激得不够，继续说道，"注射了神经毒剂之后，你会丧失意识，不会死，就泡在缸里，他们拿营养一直供着你，就算是无意识地永生。"

"他们——不是已经被改造得善良又宽容吗？不是完美了吗？怎么会干出这种事？"

"人类改良工程设计通行的完美 DNA 时，的确去掉了性格里所有不美好的品质——易怒、悲观、懒惰……但唯独保留了一项——自私。自私是古往今来社会向前走的动力。如果人不自私，基本的经济学理论全都作废了，社会关系也会停滞不前。所以，你我面对的还是一群自私的家伙，可能温和，可能开朗，但本质和我们那个时候的人没有区别。你的牺牲能够换来他们的安全，自私的人当然义不容辞。"

我的喉咙干涸，吞咽了一下，发现自己已经高度紧张不再分泌唾液，便用沙哑的声音说："那我该怎么办？"

"DNA 认证法是一种古老的加密方式，随着所有人的 DNA 高度统一，它早被废除了，所以那些改良人防不胜防。哥哥，我把自己的 DNA 序列录入了两个地方，你走进去会自动认证。"

"一个地方是这里，我走进来全息投影就打开了；那另一个是……"

辰北的眼睛恢复了一些光彩："病毒库，就是存放那些致命病毒的地方。"

听到这里，我心头一紧："病毒库？"

"……病毒库里最强的病毒会在 20 秒内让人丧失行动能力，一旦它扩散，基地马上就会陷入混乱，你可以趁乱逃走。很快基地外的世界也会受到感染，城市瘫痪，国家陷入恐慌，这个时候你要找一个安全的地方躲起来，深山孤岛什么的最好了。等几个月后，人类被清洗得差不多了，你可以再回到冬眠仓库，将还在睡觉的8000多人放出来，你们重新组成社会。当然了，8000多人是没有办法维持现在的科技水平的，你们会倒退回农业社会，但好歹文明真正的火种被保全了，所有知识还储存在书中电脑中，总有一天你们的子孙能够把人类社会重建起来。"他皱起眉头，"那些改造人还在执迷不悟改良基因，一条路走到黑……这能拼过数千百万年的进化吗？能比得过自然选择吗？不吸取教训，用一个错误掩盖另一个……现在把真正的火种浸泡在缸子里，人类只有死路一条！你把病毒放出来，不但救了自己，也救了我们的文明。"

"你要我……杀了全世界的人？可是……如果我也被感染了呢？"

"对于我们那个时代的人，这些病毒的致死率大约在23%，你确实有一定的概率会死。就算逃过一死，你的ALS也会加剧，即便以后用仪器和药物来控制，你丧失行动能力前的时间也只有8年。8年的自由时间，还是永远被泡在缸里？哥哥，这是你必须要做出的选择，我无法帮你……"

"怎么会这样……辰北，你告诉我，我究竟该怎么选？"我的眼泪不自觉流了下来。

"对不起，投影并没有被存入该问题的答案。"

"你说话啊！我该怎么选？！"

"对不起，投影并没有被存入该问题的答案。"

他倒是真会逃避问题。

⋈

　　我梦游似的来到了病毒库的门口，刚贴近，门便打开了，没有一点儿犹豫，也没有一点儿声响。我换好隔离服走入门内，所有加密过的设施都在我面前乖乖启动，不得不说刘辰北这小子做得还真是滴水不漏。

　　很快我便找到了弟弟口中的最强病毒，一小管淡红色的液体。我捧着它看，却实在没有勇气打开瓶盖。谁能想到这么小小的一管，就是一个潜行的恶魔，能在空气、液体、土壤、人际中飞快传播，杀人迅猛。

　　"你在做什么？"一个清亮的声音划破周围的肃静。

　　我回过头，是梨子。见到她，我复杂的情绪又上来了，有一千个问题想当面质问，到了喉头却变成了咆哮："你别过来！你们真实的目的是把我永远泡在缸子里！对不对？为什么要这样做？！"

　　她愣住了，显然很意外我已经知道了实情。可是她没有辩解，没有劝说，只用两三秒就调整好了情绪，双手缓缓举起了手里的激光枪，指向我的心脏。我的心彻底跌了下去——这说明我从辰北那儿听来的一切都是真的。

　　"放下试管，不然这就是你听见的最后一句话。"

　　"放下枪，不然这就是我们俩听见的最后一句话。"

　　我装作要砸碎试管的模样。她慌乱间透露出对枪运用的不熟练。也对，一个天天待在实验室里的人，怎么可能会用枪呢？

但我也知道一大批会用枪的人正在往这间病毒库赶。不会超过一分钟，他们就能包围这间屋子。

这个时候，世界上的一切公式仿佛都在我的大脑里急速运算。砸下试管，我有八成的概率不死，梨子教授不会用枪，或许我能幸免于被激光枪融化。但那之后，我是否又能逃过其他人的枪？即使侥幸逃过，我又有几成概率能成功避开末日前的混乱，唤醒我的同伴。即使上天保佑这一切都顺利，带着病的我能活 8 年？ 10 年？我们 8000 多人组成的，弱小的社会，还能不能重新孕育出这样灿烂的文明？

……一切都充满了未知数。

但无论如何，有一件事是已知的——不砸试管，我是百分百会被泡在缸子里的。

这时我忽然想起辰北说过的一句话："自私，是社会向前走的动力。"

于是我松开了握着试管的手。

"砰！"

○
地
球
无
应
答

我在广袤无垠的宇宙里单向飞行，前途未卜，但我知道只要继续飞，我还会遇到过去，还会遇到未来。

"第 324 次呼叫失败，地球无应答。是否重新呼叫？"

电脑的智能语音提示道。

核引擎每隔一段时间引爆一小颗原子弹，爆炸冲击加速盘，推动飞船向前。但一切都是安静的，窗外是质密流动的黑暗，水银般包裹飞船，吞没了核引擎的每一声尖叫。如果每三秒重复一次这样的爆炸，飞船速度会在 10 日内提升至光速的 7%。于是我坐着飞船朝着同一个方向，以光速的 7% 独自飞了 800 年。我没有目的地，也没有回头路。

打开和地球总部的通信记录，近几百年来的通信记录显得非常单调：

第 321 次呼叫失败，地球无应答。是否重新呼叫？

第 322 次呼叫失败，地球无应答。是否重新呼叫？

第 323 次呼叫失败，地球无应答。是否重新呼叫？

第 324 次呼叫失败，地球无应答。是否重新呼叫？

关掉通信记录，我微微叹了一口气，是时候面对一个事实了：我此生恐怕再也没有办法跟地球取得任何联络。

我离开地球已经 800 年，桃子现在肯定已经死了，如果没有星际放逐法，我现在应该也已经死了。

但在死之前，我会跟桃子过完整整的一辈子。

✕

刚离开地球的那些年，我和总部通信通畅。只是随着距离增大，无法维持即时通信，渐渐有了从几个小时到几天的通信迟滞。相应地，地球传来的消息变得越来越难以理解。理解障碍并不来自语言方面，电脑装载有万能翻译程序，可以随着时代同步，将任何人类语言转化为我能懂的句子。我遇到的理解障碍来自认知方面。

航行最初的 100 年里，地球的要闻和科技变化我能够轻易看懂。但慢慢地，信息里出现了陌生的国名，科技发展在我看来也变成天方夜谭，经济和社会的改变更让我感到匪夷所思。

就像乾隆年间的人很难理解什么叫电脑，什么叫网友，未来进行时的爱恨情仇超出了我的认知。

我也尝试通过阅读资料来理解先进的事物，但很快就放弃了。倒不是因为我偷懒或者愚钝（在地球上，我可是一名科学家）。只是我意识到这一切都是无用功——即使我费了九牛二虎之力，学习完了自己在上一段冬眠期落下的知识，再次进入冬眠后醒来，这些知识又会全部过时作废。一个全新的、我无法理解的遥远社会将再度展现在我面前。地球总部似乎也觉察到了这一点，他们传来的信息明显变得越来越短。从百科全书式的资料包逐渐变成了对我的问题做出的简要回答。

我越飞越远，每次通信的间隔时间在增长，内容却在持续减少。这使我如同一只绝望的风筝，看着地面那一头的钝刀子切割风筝线，整个过程是漫长而痛苦的。

直到 200 年前的一天，我再也收不到总部的回复了。

在我例行的呼叫结束后，地球总部迟迟没有给予应答。屏幕上呼叫失败的提示后面是一片死寂的黑。即便如此，每过几十年冬眠结束，我醒来的第一件事依旧是收发信息。我逐渐开始理解鲁滨孙，荒岛独处数十年，规律的作息是他和周遭榛莽的唯一区别。一如我和周遭黑暗的唯一区别就是我和地球的羁绊，我的终将没有应答的呼叫。

至于通信中断的原因……我也做过一些猜测：可能是因为信号在漫长的传播过程中被宇宙射线干扰，大幅度减弱后无法再在我和地球之间传达有效信息。

也可能是因为我离开地球后，航空技术有了长足的发展，新的宇宙探索工程效率更高。相比之下，联系我的成本已经大于我能提供数据的价值，于是总部不再对我的呼叫发出应答，我作为一个流放犯人，被战略性地放弃了。

当然还有一种可能性，无疑是最令人不寒而栗的，在我沉睡的时间里，地球上发生了重大事件，总部失去了联系我的能力……

就在我陷入沉思的时候，电脑的合成女声又响了：

"第 325 次呼叫成功，收到答复，呼叫对象确认中……"

"……什么？！"

难道时隔 200 年，我又和地球重新联系上了？我跟跟跄跄地奔向正在跳闪的屏幕：

"我是孤星 4 号，收到呼叫信号请应答！"

"我是孤星 4 号，收到呼叫信号请应答！"

"我是孤星 4 号，收到呼叫信号请应答！！"

最后一遍我几乎是带着颤音吼出来的。我仿佛一个抓住岸边稻草的溺水者，生怕几秒钟的延迟会令信号消失，使这次成功的呼叫化为泡影。但我的担心是多余的，接收到的信号随着时间流逝，强度竟然越来越大，一句完整的话在屏幕上呈现出来。

"孤星 4 号，你好，我是 sf290 号飞船，2662 年从地球起飞。"

……这竟然不是来自地球的信号！是另一艘宇宙飞船恰好进入了我的信号搜索范围！也对……也只有在近处的飞船才可能在那么短的时间里回复呼叫。我回复道：

"孤星 4 号收到，根据《国际航天信息安保条例》，请应答方提供详细航行信息。"

屏幕上的字幕继续跳闪着：

"您的专业意识值得我们学习，但当年的《国际航天信息安保条例》在我们这个年代早已废除。孤星 4 号所有资料都在我们的数据库中，付晓云老师，您是一位最让我们尊敬的学术前辈，也是一位为真理战斗的英雄，请允许我代表 sf290 上的 20 位船员，向您致敬。"

"最让你们尊敬的学术前辈？为真理战斗的英雄？"我冷笑道，

"没弄错人吧？我可是第一个被判星际流放刑的人。是个为地球所不容的罪人！"

接下来是长久的沉默，可我知道这个迟滞不是距离造成的，那一头的人正在拼命思考该如何接话。这些年，我一直和电脑对话，早就忘了和人类说话是多么地有趣！

半晌，屏幕上的文字又开始在屏幕上向下生长："在我们的时代，您是一位写在教科书上的先知，是一位悲剧色彩的英雄。我们欠您一个道歉——对不起，人类改良工程是最愚蠢的决定！尽管这个道歉来得太迟，但还是希望您可以接受它！"

人类改良工程是最愚蠢的决定……这句话久久停留在我的视网膜上。

我干涸了 800 年的眼眶第一次被泪水濡湿，所有的情感和思绪在这一刻上涌，再沿着眼角温热地流淌下来……800 年了……他们终于认错了……

⋈

人类改良工程——我生活在地球上的时代，基因置换技术第一次被大规模应用，定向更改基因成为可能。于是，导致个子矮的、智商低的、相貌丑陋的、性格暴烈的基因序列都被人们视为需要修改的劣势基因。用纯粹高贵的优势基因去替换所有人类胚胎里的劣势基因，使得世界上的人都变得温和、貌美、聪明、强壮，这便是基因改良计划。

听起来这是美事一桩，但是任何事情都有它的反面。如果全人类的劣势基因都被优良基因替换，人类个体差异度将变得极小，作为一个物种，人会丧失适应灾难的能力。任何攻击改良后统一性状的病毒，都可以在短时间内感染全部人类。

全面改良人类，必将铸成大错！

我和一批青年学者最先意识到了这一点，我们奔走呼号，想让人们在基因被全面统一改写前悬崖勒马。可惜我还是低估了人类对"完美"的向往，作为反对派的领袖，我被逮捕并判处了"煽动反科学言论罪"。

既得利益层想永远堵上我的嘴，但他们不能杀了我，因为死刑早就被全面废除。而终身监禁又不保险——我会成为支持者的精神领袖，他们将继续以我的名义发表反对言论，并且千方百计把我从牢里弄出来。既要让我永远无法出现在地球上，又不能直接杀了我。为了找到"两全其美"的办法，他们专门为我通过了星际放逐法。

核引擎代替了化学原料后，宇宙飞船的最大速度显著提高，同时燃料运载成本却大幅度下降。大型宇宙飞船一艘艘地被造了出来，远途星际航行成了可能。但在深空探索的道路上，还存在一个问题——没有多少宇航员愿意上路。人的寿命太短，要飞远必须长时间冬眠。谁愿意耗费几百上千年的时间在路上？即使有一天平安返航，千年过去，亲人故去事态变迁，回来又有什么意义呢？

他们想让作为科学家的我以戴罪之身去往宇宙深处，一路上做维护飞船和采集数据的工作，还完全不用考虑返航（这一项简直太省成本了），真是桩一举两得的好买卖。

飞船上装有冬眠系统、生态循环系统和人工重力调控舱。长期的冬眠凝固年龄，生态循环系统保证了食物和水的来源，人工重力调控舱内的环境适宜生存，有了这三个条件，理想状态下我的寿命能延长到极致。判决下来不久，这艘没有制动装置的飞船就被甩上太空。从此，除了微调角度避开小行星，我便只能以固定的方向飞向宇宙深处，永不能回头。

面对这个带着殉道色彩的审判，最初我竟然觉得是光荣的。我不仅是第一个被流放太空的犯人，也将成为走得最远的科学家。所谓朝闻道，夕死可矣，能在远途太空飞行中一窥深空的景象，即使死去也无憾了。

可事与愿违，虽然宇宙看似群星璀璨，但星际间的距离却是远大于想象的。大多数时间，我都在虚无的星际空间里航行，每次冬眠结束睁开眼，窗外风景不会有太大的变化，更别提用这些平凡无奇的数据去做出什么有意义的科学贡献了。

但谁又知道呢？漂泊了那么多年，我最大的发现并不是来自对宇宙的探索，而是来自地球。

"付老师……不得不告诉您一个遗憾的事实，地球文明已经毁灭。"

"什么？！"

sf290 的消息源源不断传来：

"在基因改良工程启动的 400 年后，我们才意识到基因多样化的必要性。是的，那个时候我们才发现您当初是对的，但一切都太晚了……全体人类的基因改良早已完成，遗传物质多样性已被严重破坏。一场意外让一种名为'Saline'的病毒从冷冻库中泄漏。它专门攻击人体的中枢神经，非常不幸，由于人类改良工程，地球上的所有人都是易感人群。这种病毒令人肢体溃烂，产生短暂幻觉，还会引起神经紊乱，至多10分钟就会导致死亡。接着它还会经过尸体及空气传播，最后变成了一场大瘟疫，三个月的时间里，地球人口骤减了99%。"

我的预言变成了事实，尽管有过无数次警告，遥远地球上的人类还是遇到了如此灾难，我觉得全身无力，只能喟叹道：

"自古以来灾难只能消灭一部分人，另一部分基因适应环境的人还能繁衍下去……全部人类都被编写成了优良性状，相当于把鸡蛋放到同一个篮子里。这么简单的道理，你们当初怎么不明白呢？"

"是啊，人类被眼前的利益冲昏了头，谁会希望自己的孩子没有其他人的优秀？谁会愿意自己的后代低人一等？这是一个囚徒困境啊！最后的结局会变成这样……我们都很悲痛。"

我继续向幸存者发问："那你呢？你的性状也被改良了吧？怎么没有被感染？"

"我和同船的20位都是军人，病毒泄漏事件发生的那一天，在近地轨道巡逻，幸免于难。"

"那你们怎么又飞到了这里？在近地轨道观察病毒趋势，等待适当的时机重回家园才是比较理智的选择吧？"

"没那么简单……病毒泄漏后，太空成了唯一的避难港，有小型私人飞船的富人携家带口逃离地面，原本公用的大型飞船则乘载权贵。有些携带病毒的飞船也飞了上来。这种情况是最糟糕的，病毒很快就杀死飞船里所有的人，飞船会变成鬼船，横冲直撞，撞上小行星或是其他飞船，事故后碎片残骸不受控制向四方飞射，祸害更多飞船。这就像一个恐怖的链式反应！近地轨道呈现出一片末日景象，拥挤不堪，慌乱不堪，每天都在发生无数事故。短短半个月里，飞船只剩下不到60%。目睹了此般惨状后，sf290进行了全体成员投票，最终达成一致，我们决定开启加速系统，脱离近地轨道，飞向宇宙深处。是的，我们不知道太空中是否有生存的希望，但留在地球，意味着一定死亡。"

"等等，"我打断道，"这艘飞船不是用作近地轨道巡逻的吗？忽然改为远程航行可以吗？你们的飞船上所有的生命系统都装载好了？"

"在我们的时代，反物质燃料保存技术迭代更新，已经在航天领域取代了核引擎。装了反物质引擎的飞船不仅最高速度可以提升至光速的30%，燃料运输储存成本也进一步下降。所以工厂在制造飞船的时候，就不区分星际航行和近地轨道的使用，所有飞船都装上了长途飞行必要的生命系统，因为即使重量增加也多不了多少燃料成本。"

"反物质燃料……你们已经能够随意使用反物质了！可惜啊……这样的高级文明，居然毁在了自己手里！"

"可惜我们当时没有听从您的劝告，让进化至此的文明功亏一篑。"

"现在说什么都晚了……地球文明毁灭了，家没了再也回不去了，我们的终点又在哪儿呢？"这个问题是问他的，但更像是问自己的。sf290那边是良久的沉默，我知道，这一次的沉默是来自深不见底的无奈。

　　　　　　　　　　　　　　⋈

　　反物质飞船的速度比核飞船快,几年之后 sf290 便超越了我。由于没有装载对接舱,我没有办法登上他们的飞船。在未来的时间里,我们之间的距离只会越拉越远,却永不相逢。所以,在两艘飞船最接近的那一天里,这群从未谋面的有缘人向我郑重告别。我记得 sf290 化作一个质点渐渐划过屏幕的样子,就像我离开地球的那天,临别时划过桃子鼻翼的泪珠。

　　然后我再度进入冬眠舱。待 30 年后再醒来,两艘飞船已是天涯海角。我以为,我和人类文明的最后联系,将以这种方式结束。

　　事实证明,这次我又错了。

　　就在与 sf290 分别后的第一次冬眠结束时(那时我和 sf290 的通信已经有了严重延时),我收到了电脑的一则提醒,依旧是横平竖直的电脑女声:

　　"收到疑似智慧生物呼叫,呼叫来源确认中,是否破解?"

　　"嗯?好……确认破解。"我犹豫了一下说道。

　　"Saline 七号飞船呼叫孤星 4 号,收到请回答。"

　　不是 sf290?而是另一艘飞船?难道……那次基因灾难后,还有其他幸存人类向着同一个方向逃亡?在广袤的宇宙里,这实在是一个小概率事件!

　　我迅速输入标准化的信息:

　　"孤星 4 号收到,根据《国际航天信息安保条例》,请应答方提供详细航行信息。"

"你好，孤星 4 号驾驶员付晓云，Saline 七号飞船于 2979 年从地球起飞，《国际航天信息安保条例》在我们的时代早已废除。"

2979 年？在病毒泄漏灾难 200 年以后？我迅速查看电脑里的万年历，今年便是 2979 年，也就是说……我用了 800 多年飞行的距离，sf290 用了 200 多年飞行的距离，他们转瞬间就能到达了。

我惊呼道：

"不可能……Saline 七号……你们接近了光速！"

"事实上，我们已经超过了它。Saline 七号飞船使用的是跃迁驱动引擎。可能对你那个时代的人来说理解起来会比较难，我简单些讲吧。我们在量子电动力学领域的研究发现，如果我们创造一个没有任何能量的绝对真空的空间，并让飞船进入绝对真空的'亚空间'，那么此时这个亚空间内光速虽然不变，但亚空间相对于外部宇宙却可以不再受光速不变定理束缚，进入另一个维度运行，走一条超越时间和空间的捷径。你可以想象成我们不再沿着球面移动，而是直接从球内部走了一条近路来到这个时空坐标。"

"……这种想法在我的时代只存在于科幻小说中！但这怎么可能呢？地球经历了那么大的灾难，怎么可能在短短 200 多年的时间里不仅重建了文明，还把科技发展到了如此的高度？！难道是……技术奇点？"

"是的，我们越过了技术奇点，获得了远超人脑的人工智能。多亏了那场灾难，我们得到了永生，现在已经没有什么能够彻底消灭人类了。是因祸得福啊……为了纪念那场灾难，我的飞船就是以 Saline 病毒命名的。"

我对他所描述的事情将信将疑：

"飞船接近光速，永生，电脑拥有超越人类思考的能力……这实在是太不可思议了，我不相信……你们是怎么用了短短几十年就分别越过了理论物理、生命科学、人工智能的奇点的？"

"我们并没有分别越过它们的奇点，我们把这几个问题合在一起解决了。这还要从 Saline 病毒泄漏说起，那时地球上 99% 的人类迅速死亡，幸存者进入近地轨道，地面也有小部分隔离区发挥了作用。Saline 病毒非常迅猛，这是它的致命之处，却也是它的弱点。潜伏期太短，从感染到发病再到死亡最长不会超过几个小时，病毒离开人体也无法长时间生存。这意味着在严苛的隔离制度下，只要隔离区外的病毒杀死了所有人，无须我们研发任何药剂，病毒的末日也会到来。"

面对快速增长的文字，我不甘示弱地发问："我明白了，你们彻底放弃那些感染区的人，静静等他们死光。这当然可以保证小部分人生存下来，但对人类社会来说最可怕的打击应该是在那之后的！世界上所有文明都建立在人口基础上，当人口锐减到了 1%，别说技术奇点了，文明社会一定会分崩离析，甚至在短时间内就会退步到工业革命前！"

这时他用发问打断了我："为什么文明一定要建立在人口基础上呢？在那场灾难之后，幸存者做过反省，迄今为止我们遇到过那么多灾难，全因过去的人类太过依赖物质。肉身会生老病死，所以人活不了太久，走不了太远，也无法全知全能。我们将人类大脑数字化之后就不一样了。"

"大脑数字化是什么意思？"

"如你所知，很久以前，我们就破译了大脑的 DNA 密码，也有了扫描大脑的技术。在病毒泄漏事件后，为了节省资源消耗，第一批计算机移民出现了。我们把个体大脑构造的数据，包括大脑的每个沟回、每个神经树突、每个细胞的构造传送进计算机中，计算机数据库就继承了这个人的所有记忆和情感，他便在电脑里永生了。这本是节约资源的无奈之举，但我们却有了意外的发现，计算机移民后，大多数人会将自己的思维方式和计算机的高运算效率结合起来。可以想象吗？还是采取人类大脑的思考方式，只不过是以几亿倍的速度进行运算，这种质变，是连改良人类时代都无法望其项背的……从那以后，科学技术发展就像一个游戏一样了，我们开始用人工智能研究科学和哲学，甚至到最后我们自己也变成了人工智能的一部分。"

"虽然你们的进步让我感到害怕……你也是计算机移民吗？"

"是的。我没有实体，只存在于电脑里，可是我有独立的思想和性格，又能不老不死。即使有一天飞船损毁了，只要承载我大脑的数据被传回地球，我又可以轻易复生。"

得知地球文明延续了下来，我是高兴的，但方式却是另一种"改良人类"，最终将人类大脑数字化。彻底放弃了肉身之后，人类是成佛，还是堕入无间道？这个问题令我感到五味杂陈。

"……你知道吗？我被送上这艘飞船，原本是为了探索宇宙，可是没想到地球上科技的发展速度超出了我这艘破船的航行速度，一艘艘来自未来的船追上来，超过去。我对探索宇宙并没有做出多少贡献，倒是见证了地球的历史，这是我完全没有想到的！"

"呃……说到历史……付晓云先生，我就是学历史的。我乘坐的Saline 七号就是一艘考古船。"

"什么？这是一艘考古船？考古为什么要往宇宙里飞？"

"从第一次发射无线电波开始，人类的痕迹就存在于宇宙里了，它们在太空里保存得可比在地球表面更好呢！我们此行为的是追上人类最早发射的无线电波，收集那个年代的资料。您想一起去吗？"

我是被流放的，sf290 是逃难的，而这艘代表人类最高科技的船，远行的目的却显得那么轻松——考古。

"好的，请带我去看看我们的过去吧。"

⋈

在接下来的时间里，我被 Saline 七号飞船纳入 Saline 七号周围的亚空间里，超光速飞行的过程中，四周的宇宙泛起了层层涟漪，我知道船外的时空正在以我不能理解的方式飞速转动。

我又做梦了。

梦里全是我和桃子分别的那一天。

阳光下，她脸上有一层细密透明的绒毛，就像真正的水蜜桃一样。她说："对不起啊，当年太淘气了，不该把你的无线电设备弄坏。"然后她就泣不成声了，眼泪滑过鼻翼，就像流星。

于是我醒来。

Saline 七号飞船的信息正在这时传来：

"付晓云先生，我们已经到了人类无线电波的外沿。这一片，正是你在地球生活的年代发出的无线电波。全部信息汇总后，我们在收到的声音里检索了你的名字，猜猜发现了什么？"

"发现了什么？"

"请注意听。"

舱内的音响响起，几百年来第一次，不再是冷酷无情的电脑合成女声。我听到了熟悉的声音，夹杂着电流的噪声和时光流淌的痕迹。那声音仿佛丁达尔现象里浮浮沉沉的灰，仿佛被透明绒毛覆盖的笑靥，仿佛划过鼻翼的眼泪。

——桃子。

"付晓云，我喜欢你。"

我听到了，在那个几百年前的午后，当我们年龄都还小时，她在无线电前说出的这句话。这句话如同一只无家可归的流浪猫，在广袤漆黑的宇宙里游荡。我仿佛能够看到它曾经撞上过流星，浑身是伤，也曾静静地掠过超新星爆发后遗留的星云，没时间停留欣赏。

如今它找到了它的主人，在无数年后，几百几千光年远的地方。它舔舔自己脏兮兮的伤口，流下温热的眼泪，像回到了温暖的家。

"付晓云，我喜欢你。"少女在我的旧房间里悄悄说。

"……谢谢你，桃子。"

我在无穷远的宇宙里回应道。

⋈

屏幕又亮起来："我们的考古任务已经完成了，我要带着搜集的数据返航。但有些东西单靠冷冰冰的数据是不够的，您可以帮助我们感性理解那个年代，诚挚邀请您跟我回去，请放心，返航会比您这一路快得多。"

"不了，"听到桃子声音后，我就知道自己已下定决心，"地球上科技发展速度超过了飞船飞行的速度，我直线飞行，可是未来的飞船赶超我，我自己也在追逐过去。过去，现在，未来，在此刻汇集在一个平面，就像是时间和空间合伙变了一个神奇的魔术，谁知道我又会遇到什么呢？谁知道下一艘飞船会带来一个什么样的'地球'？我很好奇，我想继续飞行。"

Saline 七号飞船再也没有传来信息。

我想他拥有无敌的大脑，一定知道多说无益。

我在广袤无垠的宇宙里单向飞行，前途未卜，但我知道只要继续飞，我还会遇到过去，还会遇到未来。

这么说来，我也并不算"孤星"了。

对吗？

○

全
数
据
时
代

一个人之所以能够称为人，核心价值就是那些不为人知的隐私。

一

和往常一样，梅子在一连串的数据中醒来：

"您的体温 36.2 摄氏度，血压 112/73 毫米汞柱，健康状况良好。昨晚您睡了 7 小时 49 分钟，其中深度睡眠时间是……"

这声音是从她大脑里"生长"出来的。脑机接口技术成熟后，电子秘书就通过刺激大脑颞叶皮质部，模仿听觉冲动，来制造只有一个人能"听"到的声音。

"现在几点？"

"9 点 55 分。"

"糟了！今天有黄兆京的演讲！……是几点开始？"

"10 点 20 分开始。"

"那我得抓紧了！"梅子噌地掀开被子，冷空气顺势灌进她的大脑。

"已经赶不上了，演讲开场之后就进不去了。现在即使用最快的速度，梳洗加路上的时间也需要 35 分钟，10 点 30 分才能到达。"

"你不明白！能拿到他演讲的入场券是多幸运的一件事！现在我抓紧时间……路上再快一点，搞不好还能赶上……"

"这是不可能的。根据以往的数据和您今天的各项指标，计算后得出，您从起床到出门需要 15 分钟，从家到学校的路线已经规划好，需要 20 分钟。所以，最快 10 点 30 分您可以出现在学校礼堂门口，这是不会出错的。"

"一台电脑懂什么！这次无论如何我是不能迟到的！"梅子边刷牙边含混不清地说道。

此时洗手台的镜子显示出一个笑脸 Emoji（视觉情感符号），电子秘书的声音又响起来："首先，您最快到达学校礼堂的时间是 10 点 30 分，这是综合了所有参数后的结果，不存在提前到达的可能。其次，要提醒您我并不是电脑，我是 ZealFinance 公司开发出的全数据服务系统。虽然我通过脑机接口释放声音信号来与您沟通，但是事实上，我可以与您生活中所有含有 ZealFinance 芯片的物品联网，收集您一天内产生的所有数据，连接个人数据与社会数据库，从而为您提供最全面的生活服务。我们 ZealFinance 的愿景是——优化生活，服务社会。我们的价值观是……"

梅子没有再理会电子秘书，接下来的一系列连贯性行为里，她再也没有耽误任何时间——家门识别指纹后自动解锁；她小跑到电梯前，电梯门正好打开；乘电梯到一楼走出公寓大门，一辆车刚好就在她面前停稳，她侧身坐定的那一瞬间，车辆发动。

　　从出门到上车，梅子出行后的每一步之间都没有余留哪怕是 1 秒钟的空隙，这是因为电子秘书调取云端数据库的信息，结合住宅电梯使用情况、城市交通，经过统筹计算后，向电梯、车辆内嵌的 Zealfinance 芯片传送了精确的运行指令。整个出行规划系统就如同精密咬合的齿轮，充满了整齐划一的美感。

　　梅子坐的车没有驾驶员，一个人在静谧中被加速到每小时 240 千米。向车窗外望去，环城高速路上全是车，飞驰的车，每辆车之间的距离不过 20 厘米。如此高的车速，如此近的车距，让这条车河变成了真正的液体。

　　这液体是会呼吸的。如果有车辆需要变道或转弯，从远到近，四周几十辆车便会渐渐挪出空间，为它让路，就像训练有素的罗马三线阵，不需要指挥官协调，方阵里的每一个士兵都知道下一步该做什么。

　　汽车开过巨大的广告标语："智慧城市——一座有心跳的城市。"

　　不一会儿，学校礼堂到了。梅子匆匆下车，双脚踩在礼堂前的第一级台阶上，她抬头望了一眼头上悬挂的硕大电子钟，10 点 29 分。

　　两秒后数字轻轻跳闪了一下。

　　10 点 30 分，分秒不差。

二

因为迟到，梅子没能进礼堂，只好托校办的同学在后台找到一个位子，即使这样，她也感受到了现场热烈的氛围。

"最后我想对在座的年轻人说，能够生活在这个井然有序的时代，你们是幸运的！人类体验着从未有过的安定和便捷。这是你们父辈奋斗的成果，也是你们继续肩负的使命！"

话音落下，礼堂里掌声雷动。毫无疑问，这场演讲是成功的，校办的工作人员到这个时候终于舒了一口气——今年还未过半，已经有3个学生从宿舍楼顶跳下轻生了。这10年来，世界范围内的高校自杀、枪击、酗酒和吸毒案件都在缓慢攀升。各种猜测甚嚣尘上，莫衷一是。黄兆京儒雅低调，鲜少参与公开演讲，这次校办动用了诸多关系，请他做一场励志演讲，为的就是扭转散布在大学生间越来越浓重的颓然气息。

主持人接过麦克风："感谢黄总的精彩演讲。下面进入提问环节，问题方向不限。那位……穿蓝色外套戴眼镜的同学，我看你是第一个举手。"

"黄总您好，刚刚您说，我们生活在一个井然有序的时代……我想您指的就是全数据时代。您作为新时代的缔造者，能不能跟我们讲讲时代变迁最直观的感受？最大的变化是什么？"

黄兆京听完，稍稍思考了一下："如果要用一个词形容过去的时代，我会选择'混乱'。这些年世界变化很快，你们没有经历过我小时候的世界，真的很难想象。

"从前，坐车从城南到城北得提前两个半小时出门——为什么？交通差，时间就全堵在路上；人生了大病，要去医院排队看名医。如果看不好，就得去另一家医院重新排队看另一个医生，如果还是看不好，只能这么一个个医生地问下去……很多人的病就这样耽误了。那个时代还骗子横行，金融诈骗、电信诈骗、互联网诈骗……每天都有无数骗子卷走别人一生的积蓄，再消失得无影无踪，警方拿他们也没辙。

"全数据时代之前，这就是人们面对的混乱的世界。全数据时代，顾名思义，每个人每天产生的数据都会被收集，再上传到中枢数据库内，用这些数据以及数据处理后所产生的结果，来为人们提供更好的生活。但这也不是一蹴而就的，无数工程师、科学家都为全数据时代的到来贡献过自己的智慧。

"21 世纪初，IBM（国际商业机器公司）率先把大数据技术应用到了医疗上，他们研发的 IBM Watson（认知计算系统）能够在几十分钟内读完千余份医学期刊，比对数据库内海量病例，并从中找出最好的治疗方案。由此，大数据医疗开始流行，人类逐渐告别了仅依靠医生的诊疗方式。'名医'不再是稀缺资源，依托于计算机系统的云端诊疗对每一个人开放，更准确，更透明，这为患者争取到的不只是时间，还有生的希望。

"随后是无人驾驶领域。原本无人驾驶的技术门槛非常高，因为公路上随机事件很多。从前，我们希望汽车能够在感应到突发情况的瞬间采取应对措施，让每辆车配备一个对路况敏感的激光雷达和一个能快速应变的中枢，但这也意味着高昂的造价和误判的可能。反观我们现在大规模生产使用的无人驾驶汽车，它们根本没装雷达，控制系统用的也是个人电脑级别的芯片。这是因为 Google（谷歌）公司切换了研发思路——虽然研制一辆无人驾驶车很难，但如果让全城的汽车都无人驾驶，把车流想象成一个整体，那又是另一回事了。通过网络相连，收集分析每辆车的位置和速度信息，网联车技术使每辆车都变成了巨大有机体的一个细胞，由更高级别的中枢下达行驶指令，它们之间就不会再发生碰撞。这不仅仅解决了行驶安全问题，云端数据库内有全城所有车辆的位置和路线，还可以读取车辆的历史记录、每个人的出行习惯、行车模式。通过宏观运筹的算法，规划城市的整体交通，错开车辆出行路线，这能使道路利用率最大化，城市从此告别拥堵。

"当然，我国企业家和工程师也在探索大数据应用的潮流里不甘落后。21 世纪电子商务兴起，中国，一个十几亿人口的大国，物流就成了大问题。比方说，所有人都挤在双十一折扣日那一天买东西，如何在订单爆发的情况下把每件货最快地送到买家的手中？解决办法也简单：读取过往所有的用户数据，预测今年商家每种货品的购买状况，从而在大促销前就做出仓储配送方案。双十一还没到，卖家就在华南、华北、华东不同的仓库里按照预测数据配置好了货物；物流公司的配送员和车辆也按照预测的数据就位。平均配送时间从一周降到三天，全国物流网实现了大提速。

"就这样，大数据应用慢慢渗透到了社会每一个角落：电梯系统收集住户上下班出门记录，优化运行，可以使住户避免长时间等待；分析个人搜索词条和观看视频类型，测出用户兴趣爱好后，精准投放广告；智能马桶每天检测排泄物，记录个人身体状况，除了兼职私人医生，还可以为政府预警流行病……

"我这么总结——记录个体的精准数据，能够改善个人生活；记录群体的庞大数据，可以优化资源配置。利用大数据技术'算'出我们想要的生活，就这样我们终于告别了混乱，这就是我这些年来看到的改变。"

"谢谢兆京师兄带我们详细回顾了全数据时代开启的过程，"主持人继续向台下问道，"那么，下一个问题……好，这位穿红毛衣的同学，话筒麻烦递给他一下。"

"兆京师兄您好，作为一名即将踏出校门的大学生，我很好奇当初您为什么决定进入征信行业？我读过很多关于您的文章，那个时候您坚决地放弃了藤校的研究生录取通知书和顶级投资机构的高薪 offer（录用），而在一个冷门行业里创办一家新公司。您那时是怎么考虑的？有百分之百的信心会成功吗？"

"还没开始做，怎么可能有百分之百的信心呢？"黄兆京笑道，他推了推眼镜，梅子从屏幕上看见了他眼角智慧的鱼尾纹，"但那时确实看到了趋势。我们都知道，如果企业或个人需要借贷，金融机构会对他进行信用评级，以此决定借贷的数额、利率和周期。过去，信用评级通常由征信公司完成，方法是分析其过往大额贷款记录、收入水平和资产大小，再刻板地带入公式，最后给一个评定出来的级别，这不仅需要人工统计，也无法避免系统误差。而我创办的 Zealfinance 公司，则借助互联网将征信过程碎片化，融入了借贷者的日常工作和生活。每个人的每一笔日常消费、每个月的信用卡记录、工资转入记录、每个公司的所有转账流水都会变成信用评估依据。

"但如果仅仅这样，还远算不上卓越，Zealfinance 开创性地将基因检测、性格测试、在校成绩、婚恋史、犯罪记录、业绩评估等这些原本与金融无关的概念融入了征信系统。因为诸多学术研究都已证实，一个人在借贷上的诚信水平和他的基因、性格、智力水平甚至谈恋爱时的忠诚程度都有关系，我们调取个人的一切财务和非财务信息，通过算法自动生成信用评级。相对于传统征信，这是一种更加真实通用的评级，不仅更好地反映了金融风险，也适用于其他非金融场景，可以说，它是万能的。"

"比如……谈恋爱也可以用？"穿红毛衣的学生追问道。

"哈哈……果然是年轻人，关注点都在恋爱上。对，女孩儿答应你的表白前，可以先调取你的恋爱信用记录，如果你有出轨前科或是前任都觉得你不体贴，那么她当然要给你发好人卡。除此之外，学校录取、公司雇用、商业合作都可以用到这一套综合性的信用体系，Zealfinance 首次实现了人类社会的信用体系大一统。从此之后，每个人每个公司都必须对自己做出的每个决定负责，这对于社会文明的进步是有划时代意义的。

"但全数据征信的前提是庞大的数据收集工作，显然一家企业不可能独立完成。于是我向政界提出了倡议，在中国政府的推动下，《国际数据合作法案》在纽约联合国总部被通过。法案由序言与 26 条正文组成，确立了基本的 4 个原则：

1. 公平：无论职业与背景，每个人每天的行为产生的所有数据均将被采集；

2. 共享：个体的数据被采集后，将共享至云端数据库，以便全球

范围内的所有企业和机构使用;

3. 匿名:个人数据加密后才可以被用作分析处理,任何企业和个人无权调取有针对性的个人数据。包括电子秘书、无人驾驶汽车、智能电子设备在内的所有终端收到的信息,都是输出的指令结果。

4. 自由:在不违背法律和他人利益的前提下,个体可以购买自己特定时间段内的数据,使其不被采集入库。"

主持人接道:"《国际数据合作法案》具有的里程碑意义不言而喻!它诞生之后世界变得透明了,我们用数据精准描述和服务每一个人,用它来提升生活水平,甚至预测未来防止黑天鹅事件。稳定和谐的全数据时代终于来临。"

黄兆京微微点头表示认同:"我想,我个人的成绩也并不是创建了一家多大的企业,而是推动社会进入全数据时代。Zealfiance 公司研发的芯片植入了冰箱、鞋底、电饭煲、电灯等生活必备物品,以此来收集我们无时无刻不在产生的数据,同时它们也通过互联网相连,无时无刻不在为我们提供最有针对性的服务。这大约也是今天我能够被邀请,回到母校做这一场演讲的原因……希望这个答案,大家能够满意。那么,下一个问题?"

三

台上的提问环节仍在进行,梅子却被后台的一个黑影吸引了注意力。

她站的地方是后台化妆间旁的走廊,只见那个黑色帽衫的身影蹑手蹑脚走进黄兆京的化妆间，梅子从门缝向内一瞥，房内没有其他人，黑影在一件男士外套前翻找着。

这是遇到贼了，她赶忙冲进化妆间质问道：

"你在干什么？"

黑影一怔，旋即答道："别出声。"紧接着从黄兆京的上衣口袋里掏出橡皮大小的扁平配件，他的帽檐被压得很低，一整张脸埋进黑翳里。黑翳里迅速伸出一只手，一把抓住梅子的手腕，不顾她的反抗，将她拽到户外，再拽进了一辆车里。

在这个过程中，她听见了喧闹伴随着校办人员的喊叫声从后台传来：

"怎么回事？！"

"学生入场之前都是做了记录筛查的啊！"

"快先把他控制起来！"

她转向这个黑影："你刚刚拿了什么？"

黑影边发动汽车，边干脆地回答道："黄兆京的移动数据库，也是他擅自侵入公用数据库的罪证。"

四

车子开出校门，黑影才把自己的帽子放下。刚刚从惊吓中缓过神的梅子认出，他是和她同级数学系的林正载。看到是校内同学，心里略微放松。虽说他们没打过交道，但这号人她早有耳闻。林正载的名声与富二代、数学天才、行为怪诞几组关键词捆绑在一起。她心下盘算着逃脱方法，自己身上的 Zealfinance 芯片是语音控制的。该如何在不被林正载发现的情况下，让芯片向云端发送定位信息呢？

"你是林正载？数学系的对吗？……你到底想干吗？！"

"问题还挺多……我是林正载，数学系的，第三个问题待会儿再说，先把你的名字告诉我。"

"我叫梅子……"

林正载将从黄兆京那里盗取的移动配件连接上移动电脑，设定好的程序自动运行起来。车内安静得令人尴尬。梅子此时发现自己的手机信号变成了0格，低声呼唤电子秘书也得不到任何回应。她惊慌地抬起头，得到了一个意料之中的回答。

"不用试了，我屏蔽了你的手机和电子秘书，另外，我也买断了100小时内你我的数据轨迹。这段时间内，你产生的所有信息都不会被上传云端。"

买断了100小时内的数据轨迹？梅子心中一惊，虽然《国际数据合作法案》明确规定，支付一定的费用可以保留自己的数据使其不被录入云端库中，但这一权限的价格这些年一直居高不下，一小时的全方位数据隔离大约需要花掉一个普通白领一周的薪水。当"连接一切"变成了时代的大趋势，"分断隔离"就变成了一种价值不菲的奢侈品。梅子出生于普通工薪家庭，长这么大，只有去年参加富二代闺密生日会的时候，被闺密的爸爸送过两个半小时的隐私隔离。那算是沾了闺密的光，可是梅子丝毫不理解富人对自己隐私的执着——又不做坏事，为什么怕人知道呢？

而如今一下子被送了100个小时的隐私隔离，她更是摸不着头脑了。

窗外开始下雨了，雨水哗哗地洒在前风挡玻璃上，雨刷来回摆动，试图从雨幕里辟出一片清晰的视野，林正载就盯着这片玻璃，双手把握着方向盘。

这个时候梅子才注意到，他们坐的车居然配备的是人工驾驶系统！

"这辆车……是人工驾驶？！"

"嗯，这是老车了，听点音乐？你左手边的匣子里有 CD 光盘，塞到播放器里就行了。"

她摇头："不了，我也不会用播放器。你到底要带我去哪里？"

林正载直视前方开车，没有回答她，单手打开匣子，将 CD 放进播放器里。

梅子不明白林正载到底是怎么做到的，驾驶一辆时速 240 千米的车，在步调整齐划一的自动驾驶车辆里穿行，见缝插针，横冲直撞，同时还能腾出手来放音乐。他就像一首钢琴曲里最刺耳的杂音，灰色的暴雨迎面扑来，窗外的水花被轮胎溅得有一人高。

"你这是危险驾驶。"她的掌心因为紧张而渐渐濡湿。

"不，周围这些被算法控制的车，有它们特定的轨迹，掌握好规律就不危险了。另外……我没有要绑架你的意思，是实在没办法了，想请你帮一个忙。"

"所有绑匪都是这样对受害者说的。你刚才到底在礼堂做了什么？我不是傻子，如果你真什么坏事都没做，不会有兴致开车出来带我兜风的。"

五

林正载并没有把车子开远，绕着学校转了几圈后，在学校门口的咖啡厅停了下来。他示意梅子下车，寻了张桌子两人对坐下。林正载点好了饮料，又从钱包里抽出几张钞票付了账，拿起书架上的一本书边摆弄着，边对梅子说道：

"我很喜欢这家咖啡店，因为店里还有这种纸质书。"

"现在读纸质书的人可不多了。我的书都是电子版的。"

"所以……你爱看什么书？"林正载把目光从书页移到梅子的脸上。

"最近那本走红的《深宫穿越之八个王爷爱上我》特别棒！还有《千金小姐的三生三世2》和《特工太子妃的复仇》，写了很浪漫的爱情故事，男主角又帅又迷人。这几本书简直霸屏了，广告做得到处都是……而且IP（知识产权）已经被买下来，很快要搬上大银幕。"

"如果我说，我从来没有听过这些书的名字，你相信吗？"

"不可能，年轻人里流传得特别火！"梅子不假思索地回答道，"我的好几个同学都在看。"

"三俗的文学作品总会吸引眼球，但当你看了几本类似的电子书后，Zealfinance就会判定你是一个脑残电影的受众，你的电脑、手机、能看见的智能广告牌就会按照你的'胃口'向你推送类似的作品，接着你就被动成为一个沉溺于文化垃圾的人。千千万万年轻人都像你一样，这些信息被反馈到出版公司和影视制作公司，结果就是越来越多的三俗书籍、影视剧被制作出来，很快，文化市场上就会充斥着垃圾。所以——数据的高度即时反馈就会产生这样的信息黑匣子，让人单调又愚昧。而我从来没有让他们提取我的数据，所以自然不会被这种书荼毒。"

梅子不屑地哼了一声："这有什么了不起……看本书放松一下而

已，用得着上纲上线吗？"

"如果我告诉你，除了书和电影外，新闻、知识、信息，甚至你的职业和人生选择都被塞入了可以被预知的黑匣子，黄兆京和他的 Zealfinance 公司将要成为人类社会衰败的罪魁祸首，你会相信吗？"

梅子困惑地看着林正载，半晌才反应过来："……原来你是一个反全数据化分子！我刚才就注意到了，你人工驾驶、买单用钞票、看实体书，这都是为了让自己的数据轨迹不被记录下来。我听新闻说，近来你们这股保守势力在抬头。但恕我直言，每一次技术革命，都会伴随着反对的声音。你们和 19 世纪到处破坏纺织机的卢德分子一样，工业革命是他们能够停止的吗？几台纺织机对整个时代来说，像沙子一样。你们的声音在全数据化时代里，连沙子都不如。"

林正载无可奈何地摇摇头，这时服务员走来端上来一杯咖啡，林正载将杯子轻轻推到梅子面前："喏，espresso（浓缩咖啡），给你点的。"

梅子见了咖啡，精神微微一振："嗯，谢谢。我正想喝这个……"

"你的手机闹铃记录了平时的作息时间，你有早起和午睡的习惯；智能马桶检测到你的血糖水平；运动手环记录了你的心跳和体温；你的电子钱包告诉我，今天早上你吃了一份饱腹感十足的大餐，平时又有喝 espresso 提神的习惯。所以通过你的各项身体指标，可以得出结论：你现在正犯困呢，想来一杯咖啡提提神……这杯咖啡点得可符合你的心意？"

"是的……但你怎么会取得定向的个人信息？根据《国际数据合作法案》，个人产生的数据加密后才可被用作算法分析，任何企业和个人无权利调取有针对性的个人数据。难道说……你黑进了云端数据库？！"

面对梅子的质疑，林正载不置可否："每天都会有大约 130 个跟你一样，对咖啡因有依赖的人来店里点 espresso。有了这些数据，店铺可以调整进货量和人手，提前备下足够的原材料；lbs（移动位置服务）定位系统在更宏观的尺度上也有它的分析——大多数学生来这儿喝咖啡一坐就是一天。有那么多学生来这儿，说明这里有商机。所以周边区域配套地开起了奶茶店、复印店和阅览室，每一家都有着相当大的客流，无一亏损。学生找到了自习的地方，店员赚了工资，店铺有了利润，学校收了房租，周遭变得更具有商业价值，而你，梅子小姐，在这个下午也因为一杯咖啡不再昏昏欲睡了。这个事件里，全数据让资源最优配置，每个人都得到了好处。"

梅子点点头，困惑地看着林正载："所以，你为什么还要反对全数据时代呢？为什么还要反对黄兆京呢？"

"因为我们永远也不会知道，黄兆京想不想喝咖啡。《国际信息合作法案》里的'自由原则'，这一条出了问题。在福布斯排行榜上居前列的人，当然可以买下所有自己和家人所有时间段的数据不被人获取，而普通人呢？工薪族呢？一家五口蜗居在 40 平方米里的人呢？隐私？他们恐怕不会买这种虚无缥缈的东西吧？"

"那又如何？我就是这样的普通人，数据都上传那又怎么样？我没觉得哪里不好了……"

林正载打断她的话："梅子同学，你想过吗？究竟是什么决定了有的人到了金字塔顶端，有的人只能日复一日领着薪水入不敷出？"

梅子一愣，没想到他会问这个俗套的问题，犹豫地说道："……

成功的人有 99% 的勤奋，和 1% 的天才？"

"这种鬼话，你真的相信？我们考入顶尖的大学，都是黄兆京的学弟学妹，不勤奋吗？不天才吗？可是等我们毕业之后，其中 99% 的人会庸庸碌碌过完一生。要知道，这个比例在黄兆京读书的那个时代绝对没有这么高。"

"你认为这一切都是 Zealfinance 公司导致的？"

"全数据时代导致的。"林正载纠正道，"如今，计算机能代替人类大多数的工作，无论是靠脑力的工作还是手艺活儿，无一幸免。一旦算法被破解，再天才的交易员也无法和电脑相比；只要图纸被读取，多资深的匠人做出的手工也不及机器做得精细。那么，人的价值还剩下什么？——只有那些不为人知的秘密，曾经走过的路，遇见过的人，经历过的事才构成了一个人核心的价值。一个人想要脱颖而出的关键不是勤奋和天才，而是隐私。这个时代，能否掌握隐私和数据才是精英和庸人的区别，也就是富人和穷人的区别。"他停顿了一下，"但大多数人不会去思考这些了，隐私被上传，意味着被全数据时代剥夺了创造性和反思能力……而我，多亏了我的父亲，他还有几个钱，除了给我买车之外，还为我购买了最高的隐私保护级别。不然，我肯定也跟你们一起追小说电视剧，不会觉得这个荒谬的时代有任何不妥之处。"

"难怪刚才在礼堂里，他们没有筛查出你的反全数据倾向，因为所有的数据……根本没有入库！"

"这不是重点，长时间的隐私保护，让我有了独立思考的能力。如果一个人的喜恶都是透明的，那么只要调动城市中枢电脑里的几个设定，再通过大脑里的电子秘书传达给个人，就可以神不知鬼不觉地用喜恶来引导他们出现在任何地方，去做任何事……他们的工作经验和个人能力被记录在数据库中，随时可以被电脑或者他人替代掉，生产不出任何独特的价值。于是他们只能在整个城市的生态系统里，做着最低级的重复工作，赚着刚好够生活的工资。生活就像一眼能够望到尽头的道路，机遇和挑战不复存在，所有人还未出校门就隐隐感觉到了天花板，这也是世界范围内年轻人自杀率上升的原因！"

面对林正载的疯狂理论，梅子的理智将她拉了回来："你这些都是猜测，证据呢？"

林正载思索了一阵子："证据……我有。你刚刚问我是不是黑进了云端数据库？实在太高看我了。这类数据库常年被顶级网络安全高手维护，就算我有三头六臂也很难找到漏洞。"

"那你是怎么取得我的个人数据的？无论是电子秘书，还是其他服务终端，收到的应该都是数据云计算后的指令结果，中间的过程应该是黑箱才对！"

"刚才那个移动硬盘里有黄兆京每天更新的所有数据，我用它伪造了黄兆京的身份，云端数据库识别之后，我就成功调取了你的资料。"

"就是你刚才在后台偷的东西？"

林正载点点头："黄兆京买断了自己的数据，他所有的数据都被阻断在云端数据库之外，但他也想了解自己的身体、资产、公司运作的情况。如何把自己源源不断产生的数据安全地收集起来，仅供一个人使用呢？解决方式也很简单——凡是黄兆京产生的数据，都从终端汇集到那个小匣子里，它不与外界相连而独立存在，用最原始的隔离方式确保数据安全。但这也是最不安全的，我只需要盗取它的实体……不会有警报，发现被盗后也不能通过远程操作对它进行格式化……它只要在我手上，我就牢牢掌握了黄兆京的秘密。"

"太讽刺了……在信息安全被高度重视的今天，盗取顶级机密居然是用这样粗暴的方法。"

林正载点点头："这件事如果曝光，黄兆京下半辈子就要承受牢狱之灾了。不仅如此，只要以此向政府申请对Zealfinance的全面调查，政府的专家只要分析足够多的样本后，也能够证明整个数据收集、分析的体系是不利于人类社会发展的。只是……这件事恐怕需要麻烦你了。"

"为什么？"

"因为来不及了，我的脸出现在后台的那一瞬间，恐怕他们就定位到我个人了。"

"那我现在该怎么办？"

"喝完这杯咖啡。然后到我车里——手动驾驶的车是分离于数据库的，你放心，他们不会那么快找到——用车里的笔记本电脑和这个小黑匣子进入云数据库，有用的资料下载下来，分别交给5家不同的媒体，名单都在电脑里。"

"还有呢？"

"……也可以看看云端数据库里关于你的资料，也许会很精彩呢！"

他起身，走出咖啡馆的门，被阳光拉长了的背影，就像一个笔直的惊叹号。

六

等梅子回过神来，追到咖啡馆门口，林正载的踪影已经消失了，只有那辆手动驾驶的车还在。

"'连接一切'变成必然，那么'从系统中分离'就变成了最脆弱的奢侈品……"她默念道。

梅子进入林正载的车，在被人发现之前取走了电脑。但当她抱着电脑往家走的时候，一阵可怕的寂静袭来，刚刚过去一个小时，此时距离 100 小时隐私隔断结束还有很长时间。

手机信号已经恢复，但缺少了广告推送、行程规划等功能，只是成为一个纯粹的通信工具，安静了不少。没有声音告诉她该在哪个路口左拐，红灯并没有因为她的到来而变成绿色。她从来没有淋过雨，因为以前电子秘书会根据气象预测来规划行程，避免她在雨天里暴露在室外，但今天她淋成了一只落汤鸡，一只在街头迷路的落汤鸡。

但她竟然感到了些许兴奋，耳边没有电子秘书聒噪的提醒，她第一次学会独处，也是第一次能够听到自己思考的声音。如今她做什么事，说什么话都是属于她自己的秘密，人生第一次完完全全属于自己，不容别人置喙。但等雨停了呢？等 100 个小时过去了呢？

她是否要回到那个被预定好的轨道上？她回到家里打开那台便携式电脑，伪造了黄兆京的身份，登入记录自己全部数据的页面。

"精彩在哪里了？都是些枯燥的数字罢了。"她边回想着林正载的话，边自言自语道。这个时候一个灵感闪过，她检索了电脑的隐藏文件夹。发现林正载在电脑里留下一个复杂的算法，下意识地将自己的全部数据上载到算法中。

屏幕上竟然出现了图像——正是梅子自己，不过是十年后上了些年纪的样子。

她马上意识到，这是根据自己过往数据模拟出的自己未来的景象。

场景是在一幢别墅里，她打扮得雍容华贵，正在和几个同样衣装体面的女性一起端着骨瓷杯享用下午茶。她的一双儿女乖巧地坐在一边，女儿的眼睛像她，儿子的鼻子像她。午后的阳光从窗外照射进来，让家和人物都散发着一层柔和的，不真实的光芒。

"这是你的未来，梅子小姐。"电脑屏幕上显示出一行字。

"……看起来还不差。不过这么早就知道未来是怎么样的，那可就太没意思了！"她打开邮箱，准备将黄兆京的罪证数据包作为附件上传好。就在她准备点击"发送邮件"的那一刹那，屏幕上别墅的门被轻轻推开，有个男人站在门外，只能看清推门的手上戴了一只婚戒。

"不想看看你未来的丈夫是谁吗？"电脑屏幕显示着。

"算了，反正是没缘分遇到他了。"梅子点下"发送按钮"，记录自己行为的数据也迅速滚动更新了几行，屏幕上美好的未来景象瞬间消失了，取而代之的是长久沉默的黑屏。

"全数据时代……再见。"梅子自言自语道。

七

《关于罢免黄兆京董事长职务通知》：

"黄兆京任 Zealfinance 首席执行官期间（2028 年 8 月 ~ 2039 年 11 月），非法侵入国际云端数据库，调取他人信息数据，严重违反了《国际数据合作法案》，对公司形象造成了不良影响。现黄兆京已接受法院提审，Zealfinance 将全力配合相关调查。同时，为了尽量缩小该事件对公众生活造成的影响，董事会决定，从即日起免除黄兆京 Zealfinance 首席执行官一职，由原首席技术官代为管理公司运营事宜。"

没想到 Zealfinance 的反应那么快，在新闻发出几个小时后就有了如此反应。梅子继续向下拖动鼠标，但发现除了对黄兆京个人的惩罚外，并没有看到政府将对 Zealfinance 数据处理模式进行调查的消息。

网站上这篇通知的配图是一张照片，下面注明了"Zealfinance 前首席执行官配合调查"。虽然穿着一样风格的西服，戴着一样的眼镜，但梅子定睛一看发现图里的人根本不是黄兆京！

"这怎么可能呢……"她喃喃道，"这个人明明就不是黄兆京，我见过他的脸呀。"

她立刻上网搜索黄兆京的图片，所有官方照片中的黄兆京的长相居然都和她记忆中的不同，如果梅子从未见过林正载，也许她真的会怀疑自己是不是记错了。

"见鬼了……"她迅速用手机对林正载发出视频通话邀请，新闻发布出来后，他应该也摆脱危险了。

她的手机屏幕亮起，一个穿着黑色帽衫的男人向她打招呼，一样的亲切，一样的帅气。只是——那是一张完全陌生的脸。

她惊出了一身冷汗，迅速地将电话挂断。

这个时候梅子渐渐明白当初林正载说的话的真正含义了——一个人之所以能够称为人，核心价值就是那些不为人知的隐私。一旦所有数据都被提取，就能描绘出一个人格，机器能够模仿出他所有的行为，进入他所有的账户，模拟出他可能有的未来。

这个时候，谁是谁，谁的肉体是否存在，还重要吗?

黄兆京也许从未存在过，只是 Zealfinance 拿出来做公关的一个形象工具，又或许他曾经存在过，但随时都可以顶上一个黑锅，消失成为历史里的一缕烟。而她也是如此，如果说一个开人工驾驶的车、不看电子书、只用纸币完成支付的数学系学生会被定义成林正载，那么一个看浪漫爱情小说、去演讲会迟到的女生就能够被定义成梅子。

至于在全数据时代的浪潮里，她会被什么人以什么样的方式进行替代，那就无从知晓了。电子秘书可以用任意的方式掌握她的去向，引导生存或者死亡，因为她是透明的，而天平的另一端她却一无所知。曾经她以为数据是带来便利的工具，遇到林正载以后她以为数据是一部分人的捷径，而现在她终于知道，数据本身，就是权力。

而这些顿悟，她再也没有机会告诉别人了。

因为 100 个小时的隐私覆盖时间过去了，电子秘书的声音从脑海里响起:"梅子小姐您好，咱们又见面了。"

梅子第一次感觉到了孤独。

一个睡前故事

Chapter 2

任何坚定的动力，在宇宙的浩大面前很容易被压缩到无限小。

风雪夜归人

理智，野心，理想，这些东西到底能不能够把他们带到目的地？

他又做梦了，回忆像画片一样在脑子里闪过。

人为什么要离开自己的家呢？

一旦离开了家，梦里就都是家。

去念大学的时候，第一次离开家。那时候妈妈哭了，他离开家是为了接受教育，自己能有一个好的前程。

参选宇航员的时候也离开了家，妻子哭了，那一次是为了理想。为科学做贡献，有牺牲是正常的。

出发去地球的时候，算是彻底离开了家，这一次，他自己哭了。

可是母亲已经死了，妻子也走了，他在亚尔夫海姆早就没有家了。前两次明明是没有哭的，如今，他又在哭什么呢？

航天总长对他说："离开亚尔夫海姆，去地球，就是回家了。"

地球，亚尔夫海姆人遥远的故乡。

400 多年前 100 多个"拓荒者"离开地球,定居 10.5 光年外的一颗星,那个时候,他们如果做梦了,梦里会有家吗?

一

一阵急促的蜂鸣声响彻舱室,梦被强行终止了。

头痛欲裂中,舰长勉强睁开眼睛,发现自己不是唯一一个从冬眠中被唤醒的人。其他两名宇航员和他一样,推开各自的冬眠舱,拖着沉重的身体往门廊集合。

他马上意识到大事不好:这是一次紧急唤醒!从程序启动到人体完全恢复知觉,只用了短短的 1 个小时。

没有在半休眠模式里多待上 23 个小时来恢复身体机能,令身体的冬眠"后遗症"格外明显,比如四肢僵硬酥麻,比如大脑混沌,比如语言能力低下。

但在真正的危机面前,这些都是无关紧要的。

他们所乘坐的北极燕鸥(Arctic Tern)号原计划从亚尔夫海姆飞往地球,但路途漫长,全程即使全速航行,到达终点也需要 50 多年。为了节约时间,舰组施行一年一换的轮岗制——单个宇航员值飞期间,其他人进入冬眠(冬眠状态下器官新陈代谢大大下降,实现"冻龄")。在这样的轮换模式之下,只有当北极燕鸥号遇上了险情,系统才会同时将所有宇航员紧急唤醒。

那么接下来,他们将要面对什么呢?

"怎么回事?谁是轮值驾驶员?"舰长一边套上值飞的制服,一边向周围的人问道。

"是嘉阳，嘉阳轮值。"

"嘉阳……他是亚尔夫海姆上技术最好的驾驶员，不会有大问题的……"他宽慰其他舰员道，"我们去舰桥看看。"

此时此刻，谁都没有注意到，航天专用的紧身衣下，平日里沉着冷静的舰长正将右手的食指与中指交叠在一起，暗自祈祷。

茫茫宇宙里，航天器如同一叶扁舟。

谁也不知道，接下来，会不会有另一个巨浪向他们打过来？

二

从第一批智人走出非洲起，人类探索未知领域的脚步就从未停止。航天科技的进步把这一进程拓展到了地外空间，从 500 年前开始，无数地球人告别家眷，乘坐远程航天器飞往星空。

他们中有的人从此消失在茫茫星海，渺无音信；有的在受尽了辐射、小行星撞击、黑洞和寂寞的折磨后，选择回归地球安度余生；还有极少数的人成了星际移民，在数光年外的类地行星上扎根，修建基地，改造大气，开垦土壤，繁衍后代，直到将他乡变成了故乡。

亚尔夫海姆，就是一个因此诞生的人造伊甸园。

第一艘登上亚尔夫海姆的人类飞行器叫作 Skirnir 号，400 多年前，它登陆的时刻成了亚尔夫海姆纪元的开始。历经十几代人的建设，亚尔夫海姆由一片荒芜发展成了繁荣的经济体。如果你从高空俯瞰，这颗星球表面有了大气包裹，云团下是郁郁葱葱的森林和蔚蓝浪漫的海洋。在河流的入海口，人口聚居形成城市群落。到了晚上，照明亮起，城市之间又连接成闪耀的蛛网……

除了星球体积略小之外，它简直是一个翻版的地球。

如此一颗忠实延续人类文明的星球，在被移民的 400 年后，第一次拥有向地球派送使者的能力。

尽举球之力（亚尔夫海姆上没有"国家"的概念，人们视星球各处皆为一体），耗时 40 年，凝结 2000 名科学家、工程师和数以万计技术人员心血，亚尔夫海姆打造出了精良的飞行器——北极燕鸥号。毫无疑问，这艘星舰代表了亚尔夫海姆最高的科技水平。可是由于是次生文明，亚尔夫海姆的科技生产水平相比地球还是倒退了几百年。直到近期才造出只能乘坐四个人的北极燕鸥号，运力远不及当年从地球开往亚尔夫海姆的 Skirnir 号。

要知道 400 多年前，从地球飞来的 Skirnir 号上除了 100 多位移民之外，还携带着几十万个人类和动植物胚胎，各类建设所需的器械和物资若干。如果没有这些初始的条件，也不会有日后燃遍星球的文明之火。

亚尔夫海姆所有的小学课本都教过，400 多年前，这 100 多个最初定居亚尔夫海姆的宇航员被誉为"拓荒者"，他们乘坐 Skirnir 号从地球出发，有的人将大半辈子的时间都献给了旅途，有的人在登陆亚尔夫海姆后，担负起培育胚胎教育幼儿的责任，还有的人冒着生命的危险建立了星球上最早的人类定居地。

他们的故事在亚尔夫海姆上四处流传，奠定了这颗星球上的人共同的价值观：探索、坚韧、勇敢。

　　因为这样的精神，400多年来，一代代人在年轻的星球上坚持建设，逐渐发展出了独特的文明和科技技术。

　　因为这样的精神，舰长才会告别家乡，成为自己小时候憧憬的英雄，和"拓荒者"们一样，单刀赴会，向着宇宙深处，不问归期。

　　因为有这样的精神，即使制造不出400多年前地球水平的星舰，即使只能承载四个人，亚尔夫海姆还是启动了北极燕鸥号，第一次向地球派出使者。

　　但是谁又能预测到北极燕鸥号是这样的命途多舛？

　　传说1000年前，地球才刚刚进入电气时代，大财阀用当时最先进的科技修造了一艘空前的巨轮。可是，没等完成处女航，它就撞上了冰山，带着上千人沉入了大西洋。

　　处女航的诅咒也同样发生在北极燕鸥号身上，在空间中行驶了30年后事故降临了——由于误入高密度星际尘埃的区域，星舰外壳发生大面积磨损。

　　这艘星舰不得不在距离地球不到5光年的地方掉头，原路返回亚尔夫海姆。

　　要知道，此时行程已经过半了！

　　想起那次事故，舰长不禁皱起了眉头。

　　舱内报警的蜂鸣声还未停止，硬生生把他拉回了同样糟糕的现实。舰长边走边思忖，那场事故让星舰元气大伤，宇航员士气低落。如今才刚刚折返，无论是人还是北极燕鸥号，是再也承受不起任何差错了。

　　从星舰舰艉的冬眠舱起，他们走过栈廊、生活区、会议室、机房……一切都风平浪静，没有发现任何异常。但诡异的平静中，也没有见到轮值宇航员嘉阳的踪影。思绪让他们的步伐愈发沉重。来到位于星舰最前端的主控室门前，舰长的一颗心还是提到了嗓子眼儿。

嘉阳应该就在里面，如果星舰有什么故障，也应该就出在里面。

他做了一个深呼吸，缓缓输入打开主控室的指令。

液压门缓缓打开。

透过门缝，视野一寸寸地变大。

他们看见了，嘉阳就坐在驾驶座上。

一切都符合驾驶规范，双手放在主控界面的边缘上，这样可以避免小动作引起操作失误，腰杆挺直，视野清晰，这样对脊柱也好。

只不过——

他死了。

北极燕鸥号包裹着命案现场，在浩瀚星海里匀速直线航行，星光从几十光年外照射过来，早就没了温度，散落在三个活人和一具尸体上。巨大的舷窗外是绝对的真空，绝对的真空意味着绝对的静谧。

静谧里嘉阳成了一具木乃伊。

不知道是多久的静谧时光把他风干成为一具木乃伊，毛发指甲完好，保持着死亡时的最后姿态，只是血肉已经在干燥无菌的空间里蒸发控干，一具青灰的皮囊下不再有任何生命特征。

此时，液压门才算彻底打开，随着"咔嚓"一声，门扉固定到位。就如同一声快门，炼狱中的景象定格在每个宇航员的视网膜上。

不知道是因为恐惧还是因为绝望，舰组唯一的女性宇航员，杏子，这个时候发出了一声尖叫。

三

"快！快去排查舰体异常！"

不愧是北极燕鸥号的舰长，出色的心理素质和控场能力让他迅速从震惊中回过神来，并以最快的速度向下属们下达命令。简单明了，不容置疑：

"格秦，你留在这里负责航控系统，杏子，现在不是情绪化的时候，迅速到机房检查核动力系统！我下去查看生态循环系统和重力模拟装置。我宣布，全舰即刻进入一级戒备状态。各位舰员迅速到岗执行任务！"

嘉阳死了，他的死会不会与电脑叫醒他们的原因有关？他是自杀，还是他杀？如果是他杀，那凶手又会是谁？究竟是什么复杂情况？这个情况会不会影响星舰的安全？

这一连串的问题，如同一列高速开来的火车，每个车厢都在宇航员们脑中迅速闪过，但此时他们来不及去追火车，一如没有多余的时间做出任何揣测。

三个人拿起各自的通信耳机，跑着散开。包括女宇航员杏子，她迅速用袖口擦干了眼泪，来到舰桥旁的机房里就位。

接下来的时间流逝得飞快，质密得如同水银一般的空气里，每个人都只听得见输入指令的按键音和自己被肾上腺素加速过的心跳声。几十分钟过后，检修状况陆陆续续从频道中传来：

"报告舰长，核动力系统正常。"

"报告舰长，航控系统正常。"

"……这里是舰长，生态循环系统和重力模拟装置也没有发现问题。"

这意味着他们暂时安全。

一艘万吨巨轮沉入海底，一百年之后尚可打捞起骸骨，如果北极燕鸥号葬身星海，也许一个浪花都打不起来。

想到这里，舰长擦了擦额头上的汗，真是虚惊一场……

他走向上层甲板，在穿过动力室时看见正在配平方程的杏子。她脸上的表情肌凝固，手指飞快敲打输入指令。她身上每一寸紧张的肌肉都说明这个女人正在尽全力履行一个宇航员的职责，但她的眼睛——那双含着温热泪水的眼睛说明她的内心从未平复。

这不是他第一次打量杏子。

按照轮岗顺序，舰长之后就是杏子。

一个人轮值是相当寂寞的一件事，一年的时间里，窗外的景色几乎静止不变，手上的工作千篇一律。时间被拉伸到无限长，长得令他忘掉这趟行程的目的地在哪里，长得令他忘记离开亚尔夫海姆时的雄心壮志，长得令他忘记为什么自己要踏进这艘船。

绝对的孤独每每向他袭来，他都会盼望有人说几句话，哪怕是有人不说话，静静面对面坐着呢？于是杏子醒来成了枯寂生活里唯一的希望。这种盼望是奇妙的，渐渐地，舰长心里生出一些柔软的东西。

他不喜欢杏子哭。

"好了，杏子。我们上去吧，"舰长拍拍女宇航员的肩膀，"没有大的问题，剩下的一些细节就留给计算机彻底排查吧，跟我上去。"

"明白。舰长……"杏子停下手里的活，可是眼睛里的泪珠没有忍住，在停止敲打键盘的那一瞬间，滚落了下来，她没有用手擦，仿佛这样别人就不会发现她哭了，"我为刚才极不专业的工作态度表示抱歉！"

舰长见到那两滴眼泪，心中又是一紧，摇摇头说："不用抱歉杏子，嘉阳……"他注意到，随着这个名字的发音，杏子平滑修长的眉毛微微一蹙，又有两大颗眼泪从眼角滑出，于是连忙改口道："……驾驶员出这种事……我也很遗憾。跟我上去吧，我们得弄明白究竟是怎么回事！"

四

舰桥内的主控室里，格秦的检修工作也进入了收尾阶段。

"计算机排查之后也没有发现问题，是吗？"

格秦回答道："报告舰长，我负责的航控系统没有发现问题，只是舰载航行记录仪瘫痪了，暂时不能查看航行历史和舱内录像。"

舰长一边摘下通信用的耳机，一边推测：

"那就好，这是个小故障……我猜应该是电脑自测到了这个故障，报给轮值驾驶员没有响应，才把我们叫醒的。"

"嗯，很可能就是这样，"格秦表示认同，"所幸这段时间里星舰一直在开阔的星际空间航行，不容易遇到星体和星际物质，无人驾驶模式才没出什么大问题，不然……我们可要被嘉阳那小子害惨了……"

听到这里，杏子狠狠地瞥了格秦一眼，但他仿佛没有看见。

舰长知道格秦和嘉阳素来不和，也见怪不怪了："话说回来……刚才真是惊险，我们三个被叫醒以后，什么也没顾上，匆匆忙忙就去排查故障了，到现在连时间都还不知道呢！格秦，现在的日期是？"

　　"舰长，就像我刚才说的，行驶记录仪坏了，无论是航行日志、监控数据，还是来往通信，嘉阳驾驶期间的所有资料现在都调不出来，就连日期也查不到。"

　　舰长接着问："那航行坐标呢？如果导航系统工作正常，坐标总可以利用邻近的恒星定位出来吧？"

　　"这个是没问题的，"格秦打开定位系统的界面，输入一行指令之后，屏幕上出现了几个代表临近恒星的光斑，有淡蓝色的，有橘黄色的，也有深红色的，不同的颜色代表恒星们的温度差异，而屏幕上这些恒星连线的交点发出闪烁，就代表了北极燕鸥号现在的位置，"我们还在撤回亚尔夫海姆的道路上，向着母星方向航行。前方距离亚尔夫海姆约 5.2 光年，后方距离地球约 5.3 光年。"

　　杏子接道："我是嘉阳之前的轮值驾驶员。在交接的时候，我进行了最后一次定位，当时的位置数据我还记得，舰亚距离 5.4 光年，舰地距离 5.1 光年。对比过去的数据，我们背朝地球，向亚尔夫海姆推近了 0.2 光年。"

　　"向亚尔夫海姆推进了 0.2 光年……燕鸥号星舰的航行速度是光速的 20%……"舰长自言自语道，"从你结束轮值，嘉阳开始驾驶到今天，刚好过去了 1 年的时间，也就是说，现在是我们离开亚尔夫海姆的第 38 年……按照规定，他就快要换岗了啊。这期间到底发生了什么……格秦，等航行记录仪修好了，把数据调出来我们看看。"

　　"哦，好的，明白了。"

　　舰长将目光移回嘉阳的尸体，清了清嗓子说道："现在我们距离母星亚尔夫海姆路途遥远，发出的请示要近 10 年才能收到答复，所以作为舰长，我有权利直接宣布，现在的首要工作就是调查清楚嘉阳的死因。"

　　"没什么可查的，就是得了急病死了吧？"格秦打断道，他向来尊重舰长，此时却倚靠在液压门上，双手抱臂，一副玩世不恭的样子，"我们都睡着的时候出了事，主控室里又没有打斗或者挣扎的痕迹……何必还大惊小怪呢？"

　　杏子反驳道："急病？连叫醒大家的时间都没有？那得是多急的病？我们登上北极燕鸥号之前，健康和体能的筛查是怎么样的严格，你又不是不知道！起飞之后，一路上星舰都处于封闭的状态，我们接触不到任何病源。更何况……在起飞后的每一次体检里，嘉阳的各项健康指标都显示的是优秀啊！"她显然激动了起来，脸上的毛细血管此时正在舒张，挑起了一层淡粉色。

　　"那就是自杀咯。在宇宙里飘了那么多年，眼看着走了一半，快到地球了，胜利指日可待了，偏偏船又坏了，不得不返航，算是前功尽弃。我们每个人都沮丧得要命。轮到他一个人值班 1 年，所有曾经看过的风景又要换一个方向再次路过，想说话的时候连个说话的人都没有，很容易想不开吧！"

　　"你不要忘了，心理测试也是健康指标的一项，嘉阳在这上面也从没出过任何问题。"杏子依旧不肯放过。

　　"那倒不一定……心理健康的指标跟血压血象可不一样，没有直观的数学标准。如果嘉阳在登舰前蒙混过关，可没那么难……"格秦的声音停顿了一下，变得低沉，"他的情况，跟我们三个可是不同啊！难道……难道你们忘了？"格秦不再倚靠门，站直身子，看着舰长反问道。

舰长叹了一口气，他怎么会忘记呢？

嘉阳，是当年北极燕鸥号成员里，最后一个被确定下来的人。

五

格秦。

每个报名参加北极燕鸥号宇航员甄选的人，目的都不尽相同。

有的人为了理想，为了个人的一小步和人类的一大步，可以背井离乡，可以妻离子散，比如舰长。

但格秦很少考虑那么宏大的东西，报名的时候他觉得被选上了就是成功了，而成功才是最重要的。

至少 40 年前，他是这么想的。

参加甄选的时候，他毫不顾忌地向考官透露出自己对浩瀚星海的征服欲，仿佛那些恒星是大航海时期盛产香料的未知岛屿，是西进时期印第安人的部落。

入选后考官告诉他，他的野心是难能可贵的，在星际漂流中，理想和使命感会迅速被时间稀释，也许他的野心能够帮助同伴们到达目的地。

让自己从上千人的甄选中脱颖而出的居然是这样简单的理由，他费解极了。

但那个时候他还年轻，这种念头在脑海只停留一下，便转瞬即逝。

他还年轻，还有很多更精彩的东西等着他。

自从被确定为舰组成员，他就成了亚尔夫海姆炙手可热的英雄，所到之处皆是仰视的眼神，甚至有许多机构邀请他去做关于宇航主题的演讲。

那些话他都背熟了："400多年前 Skirnir 号来到亚尔夫海姆，那些拓荒者不仅仅带来了文明的火种，还带来了勇气和探索精神。现在，把这两件最宝贵的礼物再传达给地球，这是我们的使命！"

他真的以此为使命吗？

他真的懂自己在说什么吗？

他只知道每一次当自己说完这么些话，都会引起一阵欢呼："他还这么年轻，看他说出了多么伟大的话！"老人们拍着他的肩膀为他祝福，孩子们在作文里写长大要成为他，姑娘们用最火热的眼光炙烤他。

他还年轻。

鲜花和掌声在他进入航天中心的那一瞬戛然而止。

全封闭的生活和训练开始，这意味着他将永别家人和故乡。旅途太过于漫长，即使一切顺利，他到了地球，有朝一日又通过冬眠技术重返亚尔夫海姆，那也是100年之后的事，不出意外他全部的直系亲属早已过世。

那个时候回来，没有了家人，家不是家了，为什么还要回家呢？

这无疑是让人沮丧的，也是英雄们必须要支付的价码。

随着北极燕鸥号准备工作的推进，格秦逐渐熟悉了其他舰组成员，舰长是对飞船动力设备了如指掌的工程师，而杏子是一流的计算机专家，忙碌的训练和与伙伴们的朝夕相处，让格秦对出发的忧思渐渐得到了缓解。

可是真的得到了缓解吗？

就在航天局挑选最后一名舰组成员的时候，亚尔夫海姆的航天总长，也是北极燕鸥号的总指挥为他们带来了一个人。

格秦清晰记得嘉阳第一次出现在自己面前的样子。

他看起来年龄不比自己大多少，却莫名其妙添了一些混浊的粗粝感，甚至站在年迈的航天总长身边，也丝毫不觉得他身上有多少新鲜的活力，这一点在和他双眼对视的时候感觉尤为明显。

嘉阳不高，只在一米八出头（亚尔夫海姆重力略小于地球，导致成年男性平均身高超过一米九，一米八的身高实在要算个小个子了），好在五官深刻，也算是出挑。刚刚见到伙伴，他没有任何尴尬，大方地打量每一个人。

"他叫嘉阳，之后将会和你们一同登上北极燕鸥号，"总指挥简洁地说道，"这样四名舰组成员就算是到齐了，可以尽快进行配合协作式的训练了。"

"请……先……先等等，总长。我相信您的眼光，挑选出来的宇航员一定是人中翘楚，但就这么定下来，是不是有点儿草率了？"舰长犹豫地说道。

"作为舰长，你肯定有你的顾虑，这一点我明白的。"遇到舰长的质疑，总长似乎丝毫不感到意外，和颜悦色地解释道，"嘉阳他是一位学者，亚尔夫海姆没有多少人比他更加精通地球文化了。你们一路上少不了他。另外，让他加入你们，也是航天中心最高指挥部多次协商后的决定。"

"总长，我能不能讲两句，"这一次是格秦，总指挥点头示意他继续说下去，"虽然北极燕鸥号上配备最先进的生态循环系统，能把废物生成宇航员生活所需要的资源，但以我们现在核引擎的推进力，再先进的循环系统也不能做得太大，只能供4个人生活。我们只有4个名额，每一个都非常珍贵，所以选出来的几个舰员，每一个都必须有无法取代的一技之长，一些在长途飞行过程中能帮得上忙的一技之长。"说到这里，格秦似乎犹豫了一下，看了一眼嘉阳，继续道，"恕我直言，我不认为在数十年的长途飞行中，一个搞上古文化研究的学者能帮上什么忙！"

航天总长没有生气，而是饶有趣味地打量着驳斥他的年轻人："你就是上周入选的格秦，对吗？"

"是的。"

"据说你面试的时候说自己就是为了征服宇宙而生的？你从上航天学校的那一天开始，就被称为天才宇航员？因为身体素质和心理素质优异，在你手里的航程，无论是大错还是小错，从来都没有出现过。是这样吗？"

"是的。"面对领导的赞扬，年轻的宇航员没有谦虚和推托，而是略微点点头，"但那些都是过去的荣誉，我现在最关心的事情，是北极燕鸥号的未来，是我们能不能顺利到达地球。"

"很好，你能这样想很好。为了北极燕鸥号的未来，嘉阳更有必要加入。"总指挥坚定地回击道，"资料里显示，他的无差错飞行里程，比在座所有人的总和还要多。现在，你们还怀疑他是否够格吗？"

话音落下，会议室里的几十双眼睛都投向了领导身旁的嘉阳，这些眼睛包括了三个舰组成员的，包括了航天中心工作人员的，眼神是惊讶的、怀疑的、恶意的。

嘉阳安静地承受着所有目光落下那一刹那的重量，也安静地看着格秦与总指挥的争论。

"他……他看起来不会超过30岁！累计无差错航程怎么可能比我们三个加起来还多呢？如果真存在一个那么厉害的驾驶员，他早就出名了，我们早该知道了！"

"格秦……你注意点。"杏子在一旁小声提醒道。

"不是你们三个，是这十几个人的总和。"

"这……不可能！"格秦认为这样的设定已经超越了他的认知，下意识反驳道。

航天总长收起和颜悦色的态度，扬起眉毛，不怒自威："你是在怀疑我信口开河吗？嘉阳的档案放在军部，属于保密的S级别，真实性还轮不到你来质疑。我刚刚说过了，航天中心最高指挥部已经做出了决定，嘉阳加入北极燕鸥号舰组。从今天开始，你们将作为一个团队无条件互相信任，共同配合完成工作。"

总指挥缓缓扫过每一个人的脸，示意这个话题不必继续讨论，舰长却这个时候不合时宜地站起身：

"总长，我能理解格秦的顾虑，我们三个人都是通过数月的体能和心理考核，才得到入选舰组通知的，背景和能力，都有清晰的数据记载。我们的所有信息，就像纸一样摆在大家眼前。"舰长条理清晰，徐徐道来，他看见周遭的工作人员向他投来赞同的目光，便继续说道，"而星舰将在太空中飞行数十年，舰组成员间互相信任的前提就是互相了解，可是今天，嘉阳先生就这样突然被确定成为我们中的一员，没有进行公开筛选，背景资料又在军部，我们无权接触到，不能开诚布公，恐怕我们很难良好地配合……"

总长刚想反驳，一直安静的嘉阳开口了，他站起身来面向舰长，声音温和，但刚好能让会议室内的所有人听见：

"我从前就听说选定的舰长逻辑和口才都好，刚才是见识到了。我入选北极燕鸥号也不是高层的草率决定。说实话，我经历的考核时间远比每一位舰组成员都长，但我的档案确实属于军方保管，不便向所有人公开。口说无凭，倒是有个折中的办法：我愿意在训练中接受大家的考核，如果在准备和训练期间，我的各项分数，无论是理论知识、器械操作、心理素质，其中任何一项只要低于你们中的任意一人——"此时他停顿了一下，看了一眼格秦，"那么，我自愿退出舰组。"

"等到那个时候退出又有什么意义，浪费了那么长时间，会错过发射窗口——"坐在格秦身旁的杏子使劲揪了一下他的衣服。

"适可而止吧，格秦，就按照嘉阳说的去办。"航天总长说道，他站起身子，对着嘉阳站定，他用手指摩挲着下巴上的花白胡楂，点了一下头，眼神里满是关切，但又不似简单的长辈对晚辈的爱护，更像是一种共振，有一种惺惺相惜的情感，掩盖了眼神后面的光。

但他又迅速关闭这个共振豁口，焦虑地闭上眼，摇着头踱步走出会议室。

紧随其后的是数十名工作人员。

于是会议室里只剩下四个人了。

四个会在不远的将来，代表这个移民星球第一次飞向地球的人。四个即将在狭小空间里共处 50 多年的人。四个没法去问前程和命运的人。

门被带上，光线暗下来一半，室内还留着争执后特有的那种尴尬。

"啊……还没有正式打招呼呢。我的名字，嘉阳，你们刚才已经知道了。从今天开始，还请多关照。"

嘉阳的脸上，第一次露出了和他年龄相称的笑。

六

"所以你们都还记得吧？当初他是怎么加入进来的？没有经过任何背景调查，象征性做完了健康测试就开始训练了，所以说，他在航行过程中出了任何问题，我都不会觉得奇怪。"

格秦冷漠的声音把剩下的两人从回忆中拉了出来。

一个笑貌尚且明晰的人，如今变成了一具木乃伊，杏子觉得难受极了："他在后来的考核中，成绩确实没有比我们任何一个人差。就算没有背景调查，又有什么区别？"

"这个区别真是太大了。你们难道不觉得奇怪吗？所有我们能看见的关于嘉阳的信息，都破绽百出，比十几个资深宇航员的安全里程数加起来都多？他年龄就摆在那里，根本飞不了那么远。还有，什么地球学学者？亚尔夫海姆的所有大学 100 年前就不教这门课了，学地球学的人早就死得差不多了，他上哪里去学？"

杏子一时无法反驳，只有保持沉默，但这倒助长了格秦的兴致："一开始，我以为他只是高层塞进来的关系户，后来发现事情可没那么简单。训练的时候总是一副平易近人的样子，可到独处的时候，却又是思虑很重，鬼鬼祟祟的样子！我猜，他很可能是被派来监视我们这些舰组成员的。航天总长那样力保他，说明了他和高层的关系绝不一般。高层把他插在我们中间，所有考核通通给他放水，就是想让他把所有人的一举一动悄悄汇报上去。"

"你这样说太过分了……"

可是格秦没有被打断："你们应该听说过吧，关于北极燕鸥号是否应该去地球，当年航天局里是有过一派激烈反对的！我想，他一定是反对派安插进来的。说不定，就是他！他偷偷修改了运行路线，让机体受损，害我们不得不返航！可惜啊可惜……根本就不适宜长途航行的心理素质，还偏要硬跟着一起来……落得自杀的结果……"

杏子觉得很荒唐，半晌，叹了一口气："格秦，其实我能理解你。出发的时候，你就是我们之中对这趟行程最积极的。我能明白遇到任务失败这种事，肯定最不好受的是你。但……就算这样，你也不能在没有证据的情况下就信口开河，把怨气全发泄到嘉阳身上啊。"

舰长接道："确实，把那场事故算到嘉阳头上是不妥的。出事之后我们做出了放弃继续向地球航行，立即返程的决定。当时反对这个决定的人，只有嘉阳一个！"

七

杏子。

杏子的轮值排在嘉阳之前，她的个性在四名宇航员里不算突出。相比于和所有人打成一片，这个女宇航员更喜欢安静地待在机房里，工作也好，看书也好。

机房在密集排列的设备之外，只留了一扇小窗，她循着窗口望出去，看不到亚尔夫海姆，却能看到连接着亚尔夫海姆的万里虚空。

杏子报名参选北极燕鸥号舰组成员的时候，就知道路途中的大部分时间将与虚无为伴。当时她觉得这是一件好事。

反正她也不怎么喜欢人群。

上学的时候，没有课，她总是一个人泡在图书馆里。图书馆里保留了这 400 多年来陆陆续续从地球传来的资料，亚尔夫海姆上的学者们将它们拼凑整理，地球的历史和文化得以重现，并在亚尔夫海姆上延续下来。这些书是有魔力的，常常一本书翻完，她抬头一看，发现窗外的太阳变得又红又亮，大半个已经下了山。

她看着那个剩下一半的薄薄的暖团，心里就想，地球上的太阳是不是也是这样？群山把它吞进去，让它不冷，一个黑夜过了，在天还不亮的时候，又从海里一点儿一点儿地吐出来？

吞吐 1 次是一天，吞吐 100 次是一年，吞吐 10000 次是一辈子。

地球上的一天、一年、一辈子分别又是多长？她的眼睛，是在 10 光年外进化出来的，是不是到了地球，那里的太阳发出的光，会在眼晴里呈现出更美的颜色？

她在心里构想一个世界，那里的太阳是什么样，那里的城市是什么样，那里会有什么样的人。渐渐地，真实存在的世界就变得不重要了。无关紧要的人从她的生命里进进出出，可有可无的事在身旁纷纷扰扰。

有时候她觉得自己不属于亚尔夫海姆。

"总有一种奇妙的感觉，仿佛地球就是我的家，我想回家看看。"30多年前，北极燕鸥号舰组面试的时候，她这么对航天总长说道。

"回家……作为拓荒者中最后一个剩下来的人，我也有这种感觉，"航天总长若有所思道，"可是你知道吗？这一路，实在是太长了！任何坚定的动力，在宇宙的浩大面前很容易被压缩到无限小。"

"任何坚定的动力，在宇宙的浩大面前很容易被压缩到无限小。"

当初航天总长说的这一番话是对的。

星舰飞出了亚尔夫海姆所在的天苑四恒星系后，黢黑深沉的宇宙像一个无底洞，而自己处在无底洞的中央。

上下左右，无论杏子做了什么，皆不会有回音。

在为期1年的轮值期内，除了机械性重复的维护工作外，闲暇时间她会去做能想到的一切事情。但很快她就发现书是那么不经读，游戏是那么不经玩，在一切事物都乏味了之后，还是要转过头来面对宇宙里最生硬的虚无。

此时地球上阳光的颜色，自转一圈的时间，花的声音，风的香气，变得像一场梦一般虚无缥缈。

那里真的是家吗？

如果是家，为什么那么远呢？

就在她对寂寞的耐受到了极限的时候，其他舰员们的情绪也发生了变化。出发之时最激进的格秦也有了退缩之意，终日心不在焉。原先她和舰长之间是单纯的上下属关系，但现在如果和他独处，她觉得这个原本果决理智的男人在一点点儿地融化，眼神在融化，语言在融化，她甚至不知道自己是否应该跟着一起融化。

只有嘉阳，作息规律，情绪稳定，一如他出发的时候。

就在此时，星舰出了事故。

作为一名优秀的工程师，杏子向来严格遵守操作流程，一丝不苟地监测星舰在每一时间节点上的坐标和方向，但北极燕鸥号居然还是偏航了。由于误入了高密度星际尘埃带，星舰外壳受到了严重磨损。

杏子不能够原谅自己，并不仅仅是因为在她轮值期间犯了不能弥补的错，更重要的是，她在做完舰身检测的时候，内心居然舒了一口气："终于可以回家了！"

"不！不能回去！"一向温和的嘉阳，在这个时候声音因为激动而颤抖起来。

"我们也不想这样……但现在，外壳严重磨损，勉强继续飞，谁也不能保证会出什么问题……"舰长无奈地把头埋在掌心里，不让人看到他的表情。

"我同意舰长的话，继续飞就是送死，我们没必要白白送死。"格秦附和道。

"可是现在我们正处在两颗星的中间点，向哪个方向飞距离都是一样的！何况星舰虽然受到磨损，但是并不影响它正常的运作，不是吗？"嘉阳据理力争。

"你说得没错，以现在的状况确实能飞，但是保护层已经不存在了，我们再也经受不起任何事故了。只要再出一点点儿差错，再来一次星际尘埃，我们就会像流星一样，像大气层里的流星一样，烧得精光！"

"格秦说得有道理，"舰长说，"虽然我们现在到地球和到亚尔夫海姆的距离一样，但是来的路我们是已经走过的，去地球的路却是陌生的。我们能够保证返回亚尔夫海姆路上不再遇到危险，可是前方呢？风险太大了，我们失去了保护层……明智的做法是返航。"

杏子看出来了，舰长、格秦和她一样，庆幸这场事故可以把他们带回家，便顺水推舟道："在我轮值期间发生了这样的事情……现在我们不得不返航，请让我承担所有责任。"

嘉阳站起身，在舰桥内快速地踱步，这是他表现绝望挣扎的方式："什么返航！我们只要再坚持同样的时间！同样的时间！我们就到达目的地了啊！"

"……好了。这样吧，我作为舰长，本来是有权力决定舰上一切事宜的，但事关重大，我建议我们投票表决。"

杏子点头附和，聪明如她，怎么会看不出来：目前至少三票支持返航，占大多数，投票表决可以轻松地稀释掉舰长"临阵脱逃"的责任。

"同意继续完成飞行任务的举手。"

只有嘉阳一人把手举起来，他叹息一声，痛苦地闭上了眼睛。

"同意放弃任务，返航的举手。"

3 只手举起来，就像荒漠里的 3 株枯树。

八

投票结束后，嘉阳把自己关在房间里，整整两天。

杏子就在门外默不作声地等着。

她在内心里为自己开脱过——虽然星舰是在她轮值期间出事，但分明没有操作失误，事故责任未必是她的。而在舰体受损的情况下，返航几乎是一个必然的选择。他们能否到达目的地，到了地球之后又会有怎么样的遭遇，他们已经厌倦了未知。这场事故间接结束了除了嘉阳以外，其他三个人的无期徒刑。

是好事。

但舰长宣布结果那一瞬间，嘉阳那一声叹息还仿佛徘徊在耳边，慢慢撕割她的耳膜。

所幸两天之后，嘉阳从门里出来了。他满脸倦容，似乎一下子老了许多，但会议上的那种痛苦愤怒不见了。脸上所有表情如同无风的大海，一切归于平静。

"对不起……"

"没什么好抱歉的，确实该回家了。"嘉阳的嘴角向上抽动了一下，勉强是笑的。

"你想通了？"

"嗯，想通了，回家。"他眼神里的光又出现了，不同于朝气蓬勃的、会闪烁的星光，更像是一种柔和的、温暖的烛光。

之后的日子里，嘉阳很快恢复了精神，甚至参与团队一起完成了令飞船转向的工作。他每天作息规律，待人也如往常一般亲切。

就在北极燕鸥号转向成功，正式飞向亚尔夫海姆的那天，他甚至还劝慰了一直闷闷不乐的杏子："就要回家了，你怎么还不开心？"

"我原来一直以为，地球也是我的家，我以为我能够去地球的。"

"一个人只会有一个家。你这一路上每天都生活在煎熬里，不快乐，一个不快乐的人怎么可能是走在回家的路上呢？"

他摇了摇头笑了，起身，给杏子留下一个背影。

现在想来，那种状态实在不像一个会将飞船驶入星尘的人，更不像一个会轻生的人。

在嘉阳的尸体面前，杏子对两位同事说道："他不可能是高层安插在我们中间的人，更不可能自杀。他是一个想清楚了事情，就会坚持下去的人。他对我说过，他愿意回家。"

"那……你的意思，是他杀咯？"格秦问。

"……不，那也不是的。"她支支吾吾道。

"这艘星舰正以光速的20%飞行，不可能有人进出，如果不是自杀，那么凶手就在我们几个人里……你是在怀疑我们吗？"格秦继续推论下去。

"我不是这个意思……"

"好了好了，这样争论下去也是没有意义的。等航行记录仪修理好了，我们把这段时间的资料调出来，不就知道结果了吗？"舰长揉着太阳穴，只想终止这次对话。

他向来以理性和沉稳著称，遇到了这样的情况，竟然也无法处置。谁要他当年在亚尔夫海姆大学学的是宇航呢？要知道，他们学技术的，最看不上的就是学航天法、宇宙刑侦学的那种文科生了。

"无论如何，现在嘉阳就这样坐在驾驶位上，实在是不合适的。我们把他搬回休息室里，等回到亚尔夫海姆再隆重下葬，也希望他能够安息吧……"杏子提议道。

这一次，她的话得到了其他人一致的同意。

他们将原先扣在嘉阳身体上的安全带一个个松开，就在把尸体抬到空中的一瞬间，一截木棍从他宇航服上衣的口袋掉了出来。

"这是什么？"舰长问道。

"一截木头，中间有个凹槽……我从来没有见过，不是星舰上的东西，是从亚尔夫海姆带来的吗？"

"我看看。"杏子接过，仔细地端详起来。

这是一截木雕。一段食指长的木枝被雕成了柳叶状。两头尖细，向上翘起，中间段滚圆的地方被凿出一个半指宽一指长的凹槽。这像一艘地球古代时候的小船，但它的刻工实在粗糙，又因为时常把玩的缘故，原本凹凸不平的外表裹上了一层包浆，实在难以辨认。沿着船舷，杏子隐隐摸到了镂出的花纹，再把船举起，对着光看，似乎才看出了什么。她将船攥在手里，不再说话。

"这是什么？"

"波利尼西亚人的独木舟。"她低声说道。

"独木舟？那是什么？"其他人问道。

九

杏子当然认得独木舟。

她被排在嘉阳之前轮值，每当她完成了自己的任务，就会启动唤醒程序让嘉阳醒来。此时她若不急着入睡，两人就会有一小段共处的时间。

生态循环系统将室内温度常年控制在 23 摄氏度，令人没有冷热感觉，窗外星光清晰可见，似乎都在移动，但定睛一看，又似乎谁都不曾移动。

刚刚完成值飞任务的宇航员终于获得难得的放松，杏子这个时候比往常的话要多一些：

"离开亚尔夫海姆 22 年了……整整 22 年了！"她感慨道。

她语气里阴郁的成分显而易见，但嘉阳选择忽略它，说："是啊，等你再醒过来，咱们就走了一半了——"他指向窗外，"天狼星……看见了吗？它也越来越亮了！我们离地球真的近了。"

"在哪里？"杏子循着他的手指方向望去，可是没有了大气的过滤，银河里的星星多得连成一片，她费一番工夫才找到具体的一颗星，"看到了，这颗星星有什么特别的？"

"它是地球夜空最亮的一颗星，冬天的晚上，天狼星所在的大犬座是地球人看到的最耀眼的星座之一，我们看它越来越清楚，说明离地球越来越近了。"

"大犬是什么？是狗的意思吗？"

嘉阳笑了："对，是狗。你的地球学还学得不错呢，居然知道'狗'是什么意思。我以为亚尔夫海姆上像你这样的年轻人都不存在了呢！"

"像我这样的年轻人？……明明你自己也是年轻人啊！"杏子觉得跟嘉阳聊天很轻松，于是便打开了话匣子，"我喜欢历史，还是学生的时候看过一些地球的资料。据说狗是人类最早驯化的动物之一，它有狼的敏锐和战斗力，但又对人特别忠诚，书上总说它是'人类最好的朋友'。我不太明白，为什么拓荒者没有把狗带上亚尔夫海姆……"

"因为离地球太远，运力珍贵，当初拓荒者带到亚尔夫海姆的动物胚胎都是精心挑选的。他们仔细计算了稳定维持一个生态系统的最少的物种，狗就不在里面。这很好理解，它早已被人类驯化，在野生条件下没有生态学的意义了。而对人类来说，在石器时代过后，他们的蛋白质来源已经由狩猎转向了养殖业，所以狗之于人类更像是宠物而不是帮手。带着它来亚尔夫海姆，显得太多余了……"

"……当初航天总长告诉我们你是个地球通，我们看你那么年轻还不信呢！"

"……总长过奖了，他才是真正的地球通。"嘉阳推辞道。

"可是他和你不一样啊，他在地球上生活过，他是亚尔夫海姆活着的最后一名拓荒者！"

"最后一名拓荒者啊……"嘉阳自言自语。

"……他是 400 年前跟着 Skirnir 星舰来到亚尔夫海姆上的拓荒者！参与了星球最初的建设，后来通过冬眠技术成了时间移民，在这个时代苏醒，负责北极燕鸥计划。虽然航天总长的档案属于 S 级……但这在航天中心已经是公开的秘密了。这些……你难道不知道吗？"

"我知道一些。"嘉阳望向窗外，距离他们启程已经过去了 20 多年，即使采用了轮值，每位宇航员也老了五六岁。想必这个时候，当初已经白发苍苍的航天总长在离乡万里的亚尔夫海姆上早就过世了吧。

杏子没有注意到他陷入了思考，只是自顾自说道："我看历史书里，总是说地球是一个很好的星球，地球人又是最恋家的。所以我就想不通了，那些拓荒者，包括航天总长在内，他们当时为什么要离开那么好的地方呢？他们不会想回家吗？"

"那，你现在又为什么要离开家呢？"

"我……"星舰出发之后，杏子曾经无数次后悔离开亚尔夫海姆，此时此刻，面对嘉阳的提问，她自然无言以对。

嘉阳继续说道："写历史书的人，八成也没在地球生活过。他写的'历史'，也不过是亲历者的第二手资料罢了，而有些事情……从地球来的人是不会讲的。"

"什么事情？难道地球没书里写得那么好吗？"

"那倒不是。这一点书里没有写错：地球是人类的原生星球，那里有孕育这个种族的土壤。资源和生态系统远比亚尔夫海姆来得丰富，无数伟大的人在那里演绎过伟大的故事。只是……告诉你也无妨，当初那些拓荒者离开地球，是被迫的。"

"难道他们不是为了探索宇宙吗？就像我们现在这样？"

"他们是不得不走。地球上科技发展迅速，底层劳动者的工作逐渐被机器取代，巨大的失业浪潮就来临了。与此同时，阶级高度固化，富人永远是富人，穷人则再也不被整个社会所需要。

"为了让自己的后代得到一个还算有希望的未来，一部分来自社会底层的人自愿签下协议，将自己的后代撒入茫茫宇宙寻找新的机会，代价则是他们将永远不能在地球生育。最早来到亚尔夫海姆的一万个胚胎就是这些穷人的后代。

"至于那些拓荒者……他们也不是什么地球勇士，都是一些走投无路的人，生活所迫才铤而走险。Skirnir 号离开地球的时候，没有欢送，没有仪式，他们乘坐的星舰和星舰上携带的拓荒设备，是故乡对自己最后的一点资助。就在那么一个寒冷安静的晚上，星舰只有一道光，星空里一共就这么一道光，他们就这么独自走了。"嘉阳的脸上露出了忧伤的神色。

杏子困惑极了："你为什么会知道这些……"

"航天总长，他是我的老师，他在亚尔夫海姆大学任教的时候教过我，他告诉我的。"

"原来如此……你是他的学生！我们总是好奇为什么他总是对你高看一眼，为什么不早说！"

"怕你们说我走后门啊……"

"那你再跟我说说地球上的事情。"

"你就那么想知道？"

"是啊，我向往地球才上了北极燕鸥号，但这几十年的飞行实在太漫长了，我甚至都开始怀疑，是不是关于地球的一切都是杜撰出来的，我们根本没有那样一个'故乡'。"

嘉阳从口袋里掏出了一截小木头，说："你知道这是什么吗？"

"不知道。"

"它叫独木舟。当然，这是缩小的模型，真的比这个大很多，是可以坐人的。"

"坐人？"

"对，看到中间那个凹槽了吗？那个凹槽就是坐人的地方，一条独木舟可以载 1 ~ 4 个人。6000 年前，源自中国华南的南岛人就是用它渡过大海，将文明散播到大洋中央的波利尼西亚群岛上……你学过地球地理的对吧？知道太平洋吗？"

"我知道。太平洋是地球上最大的海洋，海上又时常有巨大风浪，这种只能坐三四个人的人力小船，怎么可能划到大洋中央？"

"当然不是一次性划到海中央。他们每到一个邻近的岛屿就会在那儿定居繁衍，等人数达到一定规模后，又坐独木舟出发。耗费几千年，几十代人，他们就这样一个又一个地征服岛屿，从马来群岛，到大溪地，再到巴厘岛，一直到太平洋中央的夏威夷群岛，南太平洋的新西兰，世界最边缘的复活节岛……"

"遍布整个太平洋？"

"是的，遍布整个太平洋。事实上，太平洋中央的那些波利尼西亚人可能从来没有看见过大陆，也忘了自己的祖先究竟来自哪里。但你仔细研究他们的文化就会发现一致性。一样的文身文化，一样的草裙舞，一样的图腾柱，当然包括他们的独木舟也是惊人的相似。来自南亚的文明在他们身上得到了延续。"

"亚尔夫海姆就像一个岛……地球就像大陆……"杏子喃喃道。

"是的，你很聪明，南岛人对太平洋的征服，跟后来人对宇宙的探索是多么相似！你出生在亚尔夫海姆，从未到过地球，可是你的表达方式，你习惯的社会构架，你身上的每一滴血、每一个细胞都来自地球，你会的每一种语言、说的每一句话都起源于地球。你的存在本身，就印证着地球的存在。"

"你的意思是，我身上的一切都是地球存在的证明？"杏子迟疑地说。

"我知道，这些你理解起来都是很抽象的。其实不仅仅是你，当初很多航天局的高层也反对过北极燕鸥号的提案。他们觉得没必要浪费资源去地球，因为地球如今怎么样，他们对我们的态度如何，这些已经很难琢磨了……亚尔夫海姆人离开地球太久了……已经忘了家的感觉。就像蒲公英的种子，飘落在远处生根发芽之后，就跟自己的母株再无瓜葛。"

"那后来，北极燕鸥号……这个提案还是在内部通过了？"

"那要感谢航天总长，他极力推动了这个决议。这艘舰的名字就是航天总长命名的，北极燕鸥是地球上迁徙路途最远的候鸟。每年，它们都要从南极飞回北极，回到出生的地方繁衍。航天总长一直都想返回地球，可惜已经没有机会了。"

十

三位宇航员将嘉阳的尸体安置在他自己的床上。

在北极燕鸥号上，宇航员能够携带的私人物品非常少，这让整理遗物的过程变得很简单，所以一些细小的物件，哪怕再不起眼，也能很快引起他们的注意。

"这是什么？"

"一封信。"舰长解释道，"在地球上的人发明电子文档之前，他们用笔把字写在纸上来传递信息。"

"但这又有什么用，他为什么会带这个？"

"可能对他来说是有纪念意义的东西。我们打开看看？"舰长说道。

信纸的一面写满了字。

嘉阳：

没想到，我们最后一次联系用的是这种古老的方式。电报民用化前，如果人离家出远门，靠的都是写信。

你说当时出远门的人，信上会写些什么呢？

问候父母健康，报个平安，零零散散，琐琐碎碎，啰啰唆唆。

可是我在地球已经没有父母了，更没有人在意我的平安。

你要和那群孩子一起走，我很羡慕，年轻真好，能回家真好。

我们从地球出发的时候，年龄差不多也和他们一样大吧？可是没有他们那么好的条件，什么荣誉、使命，都是没有的。电脑的运算结果里，航行方向的无限远处有一个恒星系，据说那里有颗行星是适合人类居住的，于是我们就朝着那个方向飞。至于我们会不会到达那儿，那儿有什么等着我们，一切都是不知道的。

路上冬眠时间最长的人就是我们俩，这到底是好事，还是坏事？

Skirnir的主驾驶一路上都没有冬眠，出发的时候他跟我们一样大，到了亚尔夫海姆变得头发全白，垂垂老矣。登陆基地建成以后，没过多久他就去世了。

他死前说："没什么好悲哀的，我只是个开飞船的，你们接下来要做的任务，可比我要艰苦得多。"

他说得没错，接下来的任务确实是很不容易的，我们逐批孵育胚胎，传授小地球人文化和科学知识。再带着这些小移民开垦荒芜的行星，建设基础设施。

逐渐地，基地初具规模了，第一代移民也长大成人。他们具备地球人的常识，懂得科学文化，有了职业分工，在这颗星球上繁衍生息。这颗原本灰白色的荒凉星球上，第一次有了社会的雏形。

而这一切都是我们亲手建造的。

也是在这个时候，许多拓荒者谢绝了成为新星球行政管理层的邀请，自愿进入冬眠状态，成为时间移民。

从那以后的 300 年时间里，他们逐批醒来，参与到亚尔夫海姆不同阶段的建设中。我们俩在冬眠过程中也有过短时间苏醒，但每次醒来都是为了参加过去同伴的葬礼。

他们一个又一个度过自己完整的人生，把生命献给了亚尔夫海姆的建设事业……直到最后，只剩下我们俩了。

最后一个同伴葬在俯瞰首都全城的山顶上。此时的亚尔夫海姆已经截然不同，我们带来的树种遍布全球，一片郁郁葱葱；大气改造终于完成，不再需要穿着厚重的宇航服进行室外活动；永冻的坚冰早已融化，气温宜人，河流从首都中间穿过，像流淌的丝绸……

你就站在这样的山顶上，身后是无限好的风景，却不看它，你面对着墓碑，风把你的声音吹得猎猎作响：

"是时候回去了。"

宇宙就像海洋。

每一艘小舟向它的中心驶去，都是为了有一天能够返航。

　　参加完这次葬礼，你又进入了冬眠，而我则接管了航天总局，开始筹备起北极燕鸥计划。经过 40 年的努力，长途航行技术终于成熟，计划进入最后阶段。

　　然后你也醒来了，将作为星舰上唯一一个返乡者和其他舰组成员一起踏上北极燕鸥号。当然，你没有让我们把你的身份公开，说有一天你自己会告诉他们。

　　我认为这么做不妥，果然，今天把你介绍给那些孩子的时候，他们就把你给呛了吧。特别是那个叫作格秦的，挺有你年轻时候的样子，都是劲劲儿的。是不是所有"天才飞行员"年轻的时候都是这个臭脾气？

　　其实，看着那些被招进来的新面孔，有时候我会非常感慨，在不久的将来，他们会像当时的我们一样，漂流宇宙数十年。如果他们能够真正体会到将要面对的虚无，哪怕十分之一的虚无，他们还会选择上路吗？

　　理智、野心、理想，这些东西到底能不能够把他们带到目的地？

　　而地球对他们来说究竟又是什么呢？血脉模糊的故乡？还是似曾相识的他乡？地球变成什么样了呢？地球人还会记得我们吗，他们又会怎么对待这些孩子呢？

　　我羡慕你能回家，同时我也庆幸自己不用再遭一遍罪。

　　年轻的时候，我还在美国上学，偶然读过一个南美的魔幻现实主义故事，叫作《河的第三条岸》。我们的一生，就像一只漂流在河中央的薰衣草木小船，每个文明则是一条没有尽头也没有源头的河流。

　　在地球上的时候，我仰望星空，我是真真切切地想去征服它们，可是到了星舰上，我又渴望安定的土壤。如今我们在亚尔夫海姆开拓了一片属于自己的土壤，我又想回家了……

如果是这样，那么他乡和故乡有什么不同？人群和孤独有什么不同？出发和到达有什么不同？

无论你我，永远无法登上河的第三条岸。

你会觉得孤独吗？

也许我们离开家，就是为了回家。祝你回家路上，一切顺利。

你认识了 400 年的老友

十一

"原来……嘉阳才是最后一个活着的拓荒者。"半晌，杏子怔怔地讲道。

"如果真的是这样……那他自杀就太奇怪了。"舰长从震惊中回过神来说道。

"哪里奇怪了？"

"他曾经经历过这么多事情，从一个星球到另一个星球，从一个时代到另一个时代。开疆拓土，沧海桑田，他都活过来了，怎么可能只是短短 1 年轮值，就会受不了然后自杀了？"

就在这时，航行记录仪亮了起来，格秦检查之后向舰长报告："……航行记录仪恢复正常了。需要调取嘉阳轮值期间的数据吗？"

"好的，我们也看看这 1 年里到底发生了什么。一起来吧。"他们再次一起走进主控室。

舰长在航行记录仪上输入一串复杂的密码后，一行行的数据就向屏幕下方生长，渐渐占据了整个大屏幕。

"不可能……怎么会是这样！"

杏子咬住下唇，盯着屏幕不禁呆住了，连格秦也露出了不可思议的表情。

嘉阳轮值了不是 1 年，而是 55 年。

北极燕鸥号在他们沉睡期间也不只是飞行了短短的 0.2 光年，而是 10.4 光年！

嘉阳……驾驶着飞船向地球打了一个来回。

在和杏子交接完之后，他就中断了星舰一年一换的轮值程序，让整个程序进入单人驾驶模式。嘉阳不愧是最优秀的宇航员，他将向亚尔夫海姆飞去的星舰减速，掉头，调整向地球飞去的路线，再加速，这一切他居然一个人完成了。

更不可思议的是，根据航行记录仪的记载，嘉阳仅凭一人之力，执行了北极燕鸥号的原计划——降落地球。

但在这一切结束之后，飞船在地球仅仅停留了 3 年的时间。短暂的 3 年地球生活之后，嘉阳又独自驾驶着飞船向亚尔夫海姆返航了。

嘉阳死在返航途中，死前，他将唤醒系统设置成了自动触发。触发航行坐标是距离亚尔夫海姆 5.2 光年，距离地球约 5.3 光年。刚好是当初交接后，按原计划飞行 1 年的坐标。

其他宇航员此时被唤醒，坐标、航行、窗外的风景只发生了细微的变化，仿佛刚刚过去 1 年。可事实上，半个世纪的时间从他们的睡眠中悄悄划过。

"……他一个人是怎么坚持下来的？ 50 多年啊……"杏子用颤音

说道。

"报告舰长，航天记录仪里关于在地球停泊的那 3 年的数据全部被人工删除了！"

"到了地球没有把我们唤醒，把我们全部送回这里？还删除了停留地球期间的数据……这是为什么？！"舰长疑惑极了。

"难道是地球上发生了什么？我们不受欢迎，必须离开？难道地球现在已经不适宜人类居住了？"格秦猜测道。

杏子回答了他："这不就是我们要的结果吗？当初我们全都投下了反对票，是对继续航程投的反对票，也是对探索未知投的反对票。现在他把我们如愿送回来了……至于他在地球上发生了什么，我们是永远也不会知道了。"

他们争执不下，谁也没有注意到，在争执过程中，那封航天总长写的信轻轻落了下来，背面朝上，字迹与正面的完全不同，只写了一首小诗，并一句话：

> 日暮苍山远，
> 天寒白屋贫。
> 柴门闻犬吠，
> 风雪夜归人。

杏子离开陷入争执的两个宇航员身边，走过来捡起那张纸。亚尔夫海姆上的人从来没学过诗，更不懂什么是古诗，什么是五绝。她只是觉得这些字连在一起读，韵律还挺好听的。

春天来临的方式

○

爱是什么？

句芒觉得海棠花很美，现在，他想每一年都把春天带回来。

一

少年句芒在晨雾里奔跑，汗水被深深浅浅地甩到泥地上。

村子三面环山，溪水盈盈一绕，这里的围屋一圈套着一圈，瓦是青色的，句芒就从一个个青色的夯土圆环中穿过。

围屋和稻田被飞快甩到后头，见到小青的时候，薄薄的雾气压在河面还没散开，小青手里有一只竹篙，模模糊糊地立在船上。

"你要走也可以，能不能带上我？！"句芒喘着大气喊。

小青不回答。

晨雾消散开，句芒的脸被太阳蒸熟了："你不能一个人走……你……你得嫁给我！"

一只水鸟从蒿草中一飞而过，河面出现一串波纹。

"……你说嫁就嫁了？我可比你大。你还没桌子高的时候，是谁背着你，给你摘柿子，给你吃糖？"

"但这些年我长高了，你却一直这副模样。肯定有一天，我年龄就比你大了！"

"年龄不是这样算的。"小青忍住笑，冲句芒招招手，"那你过来，上船来，陪我一起去南溟。"

"去南溟做什么？"

她抿着嘴想了想："……等我这一趟差事办完了，就都听你的。"

句芒没有再多问一句话，向前一步跨上了船。船吃水不深，左右晃了几下就停稳了，太阳光摇晃着照到小青脸上，皮肤上有层汗珠反射细颗粒的光，她的眼睛像两颗甜葡萄。

二

小青弓下身子，用竹篙向河床一撑，船缓缓送了出去，波纹扩散开来，一河的朝霞被搅拌均匀了。

"刚刚说的可是真的？这趟回来你就要……嫁……嫁？"

"我只说'我们就不分开。'，可没说嫁。"

"不分开就好！今早听说你再也不回来了，吓得我满村找你！"句芒顿了一顿，"这到底是个什么差事？快点告诉我，帮你做完了我们就回村子！"

"差事倒也不难，是……让海棠开花。"

句芒皱眉："你说哪一盆？这值得提吗？每天浇浇水而已。"

"不止一盆。是世界上所有的海棠，让它们都开花。"

句芒睁大眼："全世界的海棠？都要浇水修剪，肯定忙不过来！"

小青看着句芒笑了："你还不明白，让海棠开花的，不是浇水修剪，也不是园丁，而是春天。"

"春天？"

"嗯，春天。每年这个时候，我都要把春天带回来。"

天还冷，河两岸的田园风光没有醒，光秃秃，灰蒙蒙，向后匀速倒退。小青坐下，竹篙放在身旁，她托着下巴，手肘撑在船舷上。

"你看，南溟。"

句芒顺着她的手望去，河向东流到了尽头便是海，水深骤增。目之所及的最远处有一个岛。

"去那个岛上？"句芒问道。

小青点点头："对，但竹篙够不着海底，我得请它们来帮忙。"

说罢，她从衣服夹层取出一只又小又旧的埙，起身吹起来。句芒太熟悉这支调子了，过去小青就是这么哼着，唱着这支调子，他听着，和着，然后他便慢慢长大了。

"它们来了。"

句芒感觉到，海面之下看不见的生物正牵引着他们，小船行进速度骤增，激流在船舷边卷成了密集细小的旋涡。

等靠近了南溟，他才看清，那小岛的悬崖上烧着灶，灶上放着一口锅。

锅和炉子都很大，扣下来也许跟村里的围屋一样大。句芒想，要是这样的炉子和锅用来炖汤，烧好了一锅是不是够全村人喝一辈子？

　　在庞大的炉子的衬托下，祝融成了一个微不足道的小黑点，句芒记得每次在村子里见到祝融，可是仰头也看不清这个巨人的脸。此刻他挑着一捆数倍于身高的树枝，往灶里扔。多粗壮的树枝，一进炉子就被火舌吞了。祝融躲开升腾的热浪，擦掉汗水走下山崖，又去寻找薪柴。

　　赤松子乘着他养的鹤在岛的上空盘旋。鹤将一小片乌云衔拽到大锅上方，再快速挥舞羽翼，乌云化作一场小范围雨水，噼啪落进大锅里。

　　"这口锅和这个炉子，是娲皇补天时炼五色石的。后来天不漏了，就留给我们用来烧水。"小青说。

　　"烧水？赤松子和祝融平时的工作就是这个？"

　　"对，但他们也有别的工作——赤松子要去世界上干旱缺雨的地方施雨，他养的仙鹤用羽毛和喙把空气里的水汽一点点拢起来，再用翅膀扇出风，高速气流使乌云的温度骤降，饱和的水汽凝结出来，水滴的重量超过了空气能够承托的极限，落到地上就成了雨。至于祝融，他司火，在南海养了好多萤火虫，天一黑就去把萤火虫放出来，萤火虫飞到世界上每一户人家的灶台里，灶台就被它们尾巴里的火种点着了。"

　　"难怪我在村里总见不到祝融和赤松子！所以……村子里的人都有类似的工作？"

　　"嗯，成年之后，都是有的。比如嫘祖擅长缲丝和纺织，每天傍晚会赶织一匹云锦。她把云锦铺在水面上，云锦的颜色会晕染开，从水里染开，再染到水边的天上，那就是晚霞；我的爷爷掌管百草，能治病的草种子比有毒的粗糙，他用小筛子把药草的籽筛出来，飞廉再一口气把草籽吹到大地上……一年四时更替，世间万物的运行都有规律，我们村子里的人负责维护自然的规律，从古至今，一直如此。"

三

在赤松子和祝融的努力下，水很快烧好了。锅里满是鼓起的泡泡，它们炸开又飞溅出去，小青知道，启程的时候到了。

她又对着大海吹起埙来，也许是乐器形状小的缘故，那声调像丝绒一般，句芒在旋律里闭上眼睛，仿佛听见了大海深处的暗涌。

等再睁开眼，他终于清晰地看到了大鱼们的样子。

它们的体形很大，横向的尾鳍高昂翘起，露出海面的是一面面绯红色的庞大旗帜，背脊如同浮出水面的流线型岛礁，在海浪的拍打下，纹丝不动。

"太不可思议了……它们究竟是什么？"

"是大鱼！"小青把自己的头发别到耳后，但很快海风又把它们吹乱了，"来，跳上去。"

"要坐这个？"

"对！坐着它们去南溟。"

落到大鱼身上的那一瞬间，句芒感觉自己接触的不是鱼鳞，而是粗糙如礁石般的皮肤。

大锅在悬崖边缓缓倾斜，一锅开水顺着崖壁泄下，好大一片海水开始冒蒸汽了。那一群大鱼——大约有 50 条，呈 U 型口袋状排列好，将被加热的海水包裹在口袋里，一起缓缓向北移动，句芒和小青坐在中间一条鱼的背脊上，它似乎是体形最大的一条。

"它们不怕烫？"句芒问。

小青摇头："加热的水轻，浮在海水上，大鱼也浮在海面，从南溟往北游，热水也就被带过去，这就是洋流。洋流带来了湿润的空气和热量，水汽上了陆地遇到冷气团就会下起春雨，万物生根发芽，这就是春天。"

"所以——把温暖的洋流从南带到北，这就是你每年春天的工作？"

"对，"小青指向他们路过的一个小岛，"你看！"

岛不大，正从他们视野里飞快掠过。

在他们经过的瞬间，原本土灰色的岛从鹅黄到草绿再到碧绿，一场小雨落到石头缝里，灌木就从灰色的石头间钻出，几棵光秃秃的小树迅速抽条开花，招蜂引蝶，以肉眼可见的速度，岛上的春天来了。

不仅仅是这个小岛，每一个岛，每一片远远掠过的大陆，都在他们经过的那一刻沾上了春意。在温暖的春雨里，冰冻的河流、溪水凌汛，鸟类、昆虫和小型兽类苏醒，植物都开出了花……就像一种高强度的传染病，春天势不可当。

同时，洋流的到来，也翻搅了大海深处鳞虾的尸体，它们上浮形成白色的海雪，这正是鱼类最好的食物。沙丁鱼群追逐着小青和句芒的踪迹，因为争食，海面上时不时掀起一片银白的鱼肚皮。

句芒坐在温暖的海风里，看着太阳和鱼群一起渐渐沉没到海平面下。他指指脚下："它不会突然潜进水里吧，那样我们都会淹死！"

鱼群往北移动，夕阳照着小青的脸，是一个橙红色的剪影。

"那就要问问它啦，"小青伏下身，抚摸大鱼裸露出来的背脊，"鲲，你会吗？"

只听见从海洋深处传来一声悠长的鸣叫。

四

夜晚来临的时候，大鱼放慢了速度，一片陆地出现在眼前。

趁着涨潮，鲲把他们送到崖石旁。海湾里风浪很小，星星清晰倒映在水面上，有几只活泼的大鱼一跃而起，从一片星空跳向另一片星空。在落水的一瞬间，尾鳍上明亮的水珠甩向更加明亮的满月。

"它们这样胡闹，热水不会散开吗？"

"不会的，一部分鱼围成一个圈兜住热量，另外一些去找吃的或者休息，到了下半夜再换班。"

鲲低沉地鸣叫了一声，从水中跃出大半个身子，掀起的巨大波澜像一朵凭空开在海平面上的海棠花。小青应声回过头，正好看到了花开的一幕。

仿佛这朵花，就是鲲送给她的。

"我觉得这条鱼……很喜欢你。"

"那是当然，我在你这个年龄，还以为自己会嫁给它呢。"小青甜葡萄一样的眼睛里充满笑意。

可是句芒觉得这种玩笑一点儿也不好笑：

"你想嫁给一条鱼？"

"每个人都会变成一条鱼的。"

他皱起眉头："我不管，反正你已经答应了，和我永远在一起。"

"还学会吃醋了？答应你的我记得的，来，一起帮我干活儿吧。"

小青俯下身探进草丛，窸窸窣窣找了一会儿，举起一块黑乎乎的石头："哈！就是它！"

"这是什么？"

"流星！"

"不可能，流星怎么那么黑，而且……它不应该在天上吗？"

"流星的表面和大气摩擦，产生了光和热，那时候它才是亮的，其他大部分时间都长这样。不信的话……你看！这颗流星后面还绑着愿望呢！"

句芒凑过去，果然，煤一样黑的石头上有圈细线，细线尾部连了几团纸，他把最前面的一团展开，借月光读出来："……我想一夜暴富。"他抬起头看向小青："这是什么意思？"

"看到流星的人类许下愿望，愿望就会蹭上流星的尾巴，跟着一起飞上天。流星到了天穹最高点时，如果玄鸟从旁边飞过，看到了愿望，便会让愿望实现。喏，所以，这个人要走财运啦。"

句芒又展开第二张纸团："希望妻子的……病……好起来？嗯？这张写得真乱，后面的字都看不清了！"

第三张，第四张也是这样，字迹歪歪扭扭，甚至读不出完整的句子。

"只有第一个看到流星的人的愿望会被清晰地记录下来，后面的会越来越模糊，玄鸟看不清，他们的愿望就不能算数。"小青说。

"也就是说……希望妻子康复的人许的愿望作废了，但是想一夜暴富的，就可以梦想成真了？这……也太不公平了！"

"许愿都是为了满足自己的欲求，没有高低贵贱之分。"

句芒反驳道："当然是分的！爱一个人，爱自己的妻子，才会许这样的愿望，比只想着暴富的人高尚得多！"

"……爱？那只是很小的爱。"

小青不再争辩，将石头上拴着的细绳一一解下，再将光溜溜的流星向东抛去。她力气不大，但流星进入夜空，惯性能使它一直向前。

"把旧的愿望清理干净，流星就能重新收集愿望，再运送给玄鸟。我们现在站在世界的最西边，从这里把流星扔出去，天上空气稀薄阻力也很小，它能一路飞到世界最东边再掉下去。等到了最东边，还要把流星捡起来往西扔。"

于是，句芒跟着小青在草地里捡起了流星。他偷偷耍了一个心眼儿，每次把流星丢出去的一瞬间，都马上许下一个愿望："和小青永远在一起。"

他清楚地知道，没人比他更早看到这颗流星，所以，愿望一定会清晰地写在纸团上。他丢出去那么多颗流星，那么多张纸团，那么多个相同的愿望，玄鸟一定会成全他的吧？

五

从世界的最西边出发，几天之后就到了北溟。

在大海中高耸着一块十几米的细瘦石柱，那里标志着世界的最北端。

热水在长途奔袭中失去了温度，大鱼们也不再保持队形，渐渐散开。

句芒试探地向小青问道："你看，春天全都送到了，你是不是应该嫁……"

"现在已经快到中午了，天居然是黑的。这个样子怎么会是春天呢？"小青盯着句芒反问。

句芒着急了："怎么还没完啊？！难不成……还要我们来修改太阳升起来的时间？"

"那是地轴。"小青指向远处海里的石头柱子，"太阳的运行轨道和大地有一个夹角。夹角大的时候，太阳就在北边走，北边的天空长度短，所以白天短。夹角小的时候，太阳在我们的南边，南边的天空很长，太阳走完南边要好久，白天变长了就是夏天。"

"那……这跟地轴又有什么关系？"

"地轴从北溟一直深插入地心，在地心连接着一个齿轮。盘古开天辟地后，他的心在大地最深处变成了齿轮，心脏跳动的力量让齿轮每天转动一点点，大地也跟着慢慢倾斜。这样渐渐调整大地的角度，太阳照射的时间有规律地变化着，才能四时有序。"

"那让地轴和齿轮自己去转，白天不就变长啦？"

小青摇摇头："可是后来共工撞上了不周山，大地承受太大的冲击力，把地心的齿轮给撞坏了，不那么好用了。每次从冬天到春天，齿轮运行一半便会卡住，需要外力才能扳过来。"

他们说话间，鲲渐渐游近了地轴，句芒发现，那根地轴大概是玄武岩做的，黝黑。与水交界处长满了灰白的藤壶。一些杂乱的麻绳系在上头，它们已经被盐渍腐蚀得粗粝破烂。

　　小青试图把其中一根麻绳系在鲲的背鳍上，这本不是一件容易的事情，多亏鲲的背鳍上有一个经年被绳索牵拉磨出来的凹槽，小青找到着力点，这才把绳子拴好。她完成这一切工作，便低头对鲲说道："明天，你的轮回就结束了，你带着我在村里长大的日子，就像昨天一样……八千年很快的，我的轮回也会很快结束……"

　　她说话的声音不大，但句芒太熟悉了……它是柔和的，舒适的，很轻易就能振动他的耳膜。

　　"你的轮回？你要轮回到哪里？"句芒不安地问道。

　　"我说过了，等这一切结束，我们就在一起。"她头也没抬，又捡起一条绳索系在另一只鲲的背鳍上，"不分开。"她补充说。

　　句芒见状，学着她的样子做起了相同的工作。

六

　　等他们将所有大鱼都绑好了连接地轴的麻绳，东方也泛起了鱼肚白。小青告诉句芒，在冬天的最北方，只要他们不扳动地轴，东方就不会出现太阳，亮光很快要消退，夜幕又会降临。

　　小青又吹起了那只埙，于是在熹微的光里，几十条鲲只有一片血红色的背脊露出海面，它们一起朝着西用力游去。绳索渐渐绷直，在强大的张力作用下，海水一滴滴地从麻绳中绞出来，每一滴都映出一片海棠色的天空。

　　很快，在鲲的集体发力下，地轴发生了微小的转动。句芒听见"咔啦"一声，大地的角度跟着发生了变化——似乎就要成功了——

但扳动地轴的副作用也很明显，海平面同时发生了倾斜，一波大浪从远处涌起。隐隐约约能看见，海水如同高墙一般，从南天边轰隆隆地压迫过来。

"这怎么办！这么大的浪打来，我们会死吗？！"在海浪的巨大声响里，句芒朝小青大喊。

"快蹲下，地轴角度调好了，海面就会恢复平稳。"

鲲注意到了海面的变化，它们迅速集中，身上的绳索编织成一片，似乎想用集体的力量来对抗巨浪。

"抓紧我。"句芒用绳索把他俩和鲲拴在一起。大浪越来越近了，比围屋还高，比小山还高。

海水的变化搅动了上方的空气，不消一会儿，乌云便在他们头上聚集，云层互相摩擦，电闪雷鸣。狂风带着腥味吹来，但鱼群还在高速扭动尾鳍，一起向西发力，拉扯着几近绷断的绳索。

句芒感觉到，鲲粗糙皮肤下的肌肉因为紧张而开始充血。

他死死搂住小青："浪太大了……鱼群没有办法向同一方向使劲儿。"

"鲲，你听到了吗？浪太大了！那就用翅膀，用翅膀挡住海浪！"

"它是鱼！鱼哪儿来的翅膀！"句芒喊道。

"大鱼都有的……"小青的声音低下去，"好多年之前，我也问过鲲同样的问题。它曾经和我们一样有双脚双手，它看着我长大，每年把春天带回来。"

他们浑身湿透，小青在句芒的怀里说道，不知她是说给鲲还是说给自己。

"后来呢？就变成了鱼？"句芒问道

"嗯，我也要变成鱼，我们最后都要变成鱼。"

"我也会变成……鱼？"

"你也会的，但在那之前，你还有事没做完。从今天开始，你要接我的班，每一年都把春天带回来。"

不知道是不是因为风浪太大，小青的声音变得缥缈模糊，她没有理会句芒的疑虑，继续说道："八千年前，鲲带着我第一次从南溟来到北溟，第一次教我怎么把春天带回来。八千年了……鲲，马上要到人间去了，你……开心吗？"

鲲显然听懂了，猛地一个加速向前，挣脱绳索，冲出了水面。

一对血红色的短小侧鳍向两旁舒展开，变成了一对没有羽毛的翅膀。翼展以不可思议的速度向远方无限延伸，它在晨光中飞向巨浪。

句芒伏在鲲背上，这是他第一次悬浮在空中俯瞰世界。

鲲的躯干是一座飞翔的岛屿，穿过它的身体望向海面，风暴里的海是广阔黢黑、无边无际的，数量庞大的鱼群在大海里，变得渺小，它们还在奋力拉扯着地轴。

东方天际的白色越来越多……这意味着鱼群快要成功了，它们一寸寸把地轴扳过去，太阳就会一点点露出来。

然后，然后整个世界的春天就会真正地到来。

春天……

句芒的意识渐渐恍惚，想起了春天稻谷茶山的碧绿色，想到围屋的瓦片被暖阳晒得暖融融的，自己坐在上面觉得烫屁股，想起奶奶养的猫每到春天就要下一窝毛茸茸的崽儿，想起春雨里，小青打着伞把还是孩童的自己抱起来，雾气和雨水沾上了她的睫毛，她甜葡萄一样的眼睛。

他不止想起了这些——

北冥有鱼，其名为鲲。鲲之大，不知其几千里也。化而为鸟，其名为鹏。鹏之背，不知其几千里也，怒而飞，其翼若垂天之云……

浪峰就在他们眼前了，水汽扑面而来，他抓紧了小青的手："我好像明白爱是什么了。"

小青笑着点点头："那你就成人了。"

然后鲲撞上了巨浪。

七

句芒醒来的时候，海面恢复了平静，身上系着的绳索另一头是空的，小青和鲲都不见了。太阳从东方地平线探出头，金色的光线洒在他的皮肤上，海面上，还有微风里。

他知道地轴扳过来了。

鱼群精疲力竭，随波逐流。没有一丝风浪声，耳朵旁边安静极了。他在一条鱼的背上盘腿坐稳，一个人静静地看完了日出。

日出？那也许是羲和？他每天赶着马车把太阳从东边接到西边？句芒猜想。他知道从今往后，他看世界的方式与之前再也不同了。

春天的阳光一点点蒸干了他的衣服，这时上衣口袋忽然抽动了一下。

一个娇弱细小的生命被他掏出了口袋。一条红色的鱼，比金鱼要小，侧躺在他并拢的手指上，用尾鳍拍打着他的掌心，又凉又滑。

他连忙掬起一抔海水，鱼便在他手掌里翻过身来。

这个时候，他看见，小鱼长了一双甜葡萄一样的眼睛。

他知道这条小鱼八千年后也会长得和一座小山一样大，那个时候它便完成了自己的使命，会投身到人间，变成一个最平凡的人类。他也知道八千年后，自己也会变成一条鱼，年复一年地做运送洋流，牵拉地轴的苦活儿。他还知道灵魂想要变成人，都得有那么一遭儿，用一万六千年在海上经历一万六千回，弄清楚了爱是什么，才能长出一颗人的心。

爱是什么？

句芒觉得海棠花很美，现在，他想每一年都把春天带回来。

"小青，我们还要在一起八千年啊……"

句芒掬出埙吹起来，渐渐地，大鱼们一条条苏醒，它们就开始往南溟游了。

一杯咖啡

Chapter 3

电脑没有弱点，它的程序里没有被编进愤怒和快乐，只编进去了一条：赢。任何坚定的动力，在宇宙的浩大面前很容易被压缩到无限小。

为什么猫咪要在深夜开会？

○

我们成日无所事事，混吃等死，还把人类都当作铲屎官，肆意欺凌。你想过吗？为什么我们能这么做却丝毫没有心理负担，还天天一脸大爷相？

我家附近游荡着好多猫，要区分它们不难——油光水亮的有主人，恶狠狠盯着你，不油光水亮的，则无家可归。可是无论出身贫贱富贵，每周总有那么个晚上，它们通通聚集到小区草坪上，召开无阶级大会。

几十只，就这么不近不远，不咸不淡地站着、蹲着、趴着、仰着、缩着、猫着。白日里碰头要多毛要嘶嘶吼的，夜里再见面也是静悄悄的。

就像从土里钻出一个个地精，魔法高深，闷声发财。

有天晚上我的阿咪又从家里溜走开会，我便悄悄地尾随了它一次。

天上的月亮又大又光，像一颗咸鸭蛋黄。阿咪穿过院子，穿过草丛，影子被拉得狭长，它来到众猫面前，尾巴竖起对着月亮盘成个问号。坐在过道中间的一只奶牛色肥猫挪挪位置，让它进入猫咪围成的会场。

猫咪有的梳毛舔爪，有的逡巡踱步，有的蜷身假寐，但彼此间依旧是静默的。

"……一直以来我们猫咪掌管时空之门的钥匙，"苍老空灵的声音响起，像一个吉卜赛灵媒，"虽非我族所愿，但除了我们，还有谁能承担这样的重任呢喵。"

打哈欠挠痒痒舔脸的纷纷停止，猫咪之间的气氛变得凝重起来。十几双碧绿宝蓝的眼睛，直勾勾地盯着说话的猫，它叫耶夫索尼亚，每隔几个月就要大一次肚子，脏兮兮懒洋洋的模样瘫在喷水池旁，经过的人们喂它，揉它隆起的肚子，等它生产后再把小猫崽抱回家养。

"我们不会忘记死去的同胞，你们为了宇宙做出的功绩将被铭记。阿咪，今晚……轮到你！轮到你为这个世界做出一点贡献了。"

虽然不知道它们要阿咪做什么，但我还是从沉闷的气氛里感受到了一丝不祥。阿咪起身想走上前，但就在此时，一只年轻猫咪踱到它和耶夫索尼亚之间。群猫里数它长得俊俏，四脚踏雪，毛色整齐，它转过身激动地对群猫讲：

"这就是我们猫咪的宿命吗？我们从来没有想过反抗吗喵？"

话音刚落，两三只猫倏地立起，冲着四脚踏雪发出呼呼低吼，这显然是猫咪表达敌意的方式。

"哦，Mike……这不怪你。才成年……第一次参加会议。可怜的孩子喵！"耶夫索尼亚示意那几只愤怒的猫坐下，接着说道，"我们都生活在宇宙里，粒子相遇，空间扭曲，生命诞生……随着越来越多事件发生，宇宙的一切变得混乱。人类研究多年，把这个过程叫作'熵增加'。熵增加，一切再不似初始般简单，无限的可能性会让宇宙的势能消耗殆尽。无限的时间之后，宇宙将陷入热寂！！！"

"我知道，我知道喵。"一只叫臭臭的棕灰大狸花猫说，它是一个活泼好动的好奇宝宝，上个月发情刚被主人骗了。如今它的瞳孔被月亮撑圆，露出了无关性欲的高尚情操，"我们猫咪的任务，就是让宇宙的熵，增加得慢一点儿。所以我们才有了这个盒子。"它的尾巴向右一挥，指向耶夫索尼亚身下的一个破烂黑色匣子，我这才注意到，猫咪们其实是以黑色匣子为圆心，绕成了一个圈。

"这个盒子！你们不恨这个盒子喵？"四脚踏雪的 Mike 愤怒地问道，"就是它，多少兄弟姊妹走进去，就没活着出来！为什么我们还要把自己送进这台杀猫机器？！"

"Mike……它们都活着……"一直在旁沉默的当事猫阿咪说话了。

"不不不，我看到了！我看到了的！上周……盒子打开……酱爆它冷冰冰地躺在……"

说到这里，就像所有沮丧的猫咪和人类一样，Mike 的尾巴垂了下去。

耶夫索尼亚的眼中露出温柔之色："我知道你和酱爆关系好得共用一团毛线……可怜的 Mike……打开匣子的那一瞬宇宙一分为二，不幸，你存在于它死了的那个宇宙里，而另一个宇宙里，你和它还健健康康地生活在一起呢。不信？你可以问问阿咪。"

我的阿咪竖起耳朵："为了让宇宙的熵增加得慢一点儿，我们唯一的办法就是分裂宇宙。盒子里装着放射性原子，如果原子核衰变，就会开启毒药瓶子，盒子里的猫死去。我们无法预测和计算原子核会不会衰变，所以只有等到盒子打开观测的那一刻，微观的不确定性才会转化为宏观的结果。这个瞬间，宇宙无法自洽，便分裂成了两个。一个宇宙里的酱爆死了，另一个宇宙里的酱爆还活着。"

"那个世界……我们去得了吗？我可以去找酱爆吗？"

耶夫索尼亚摇了摇头："我们开启黑盒子观测猫的生死，就会分裂成两个平行宇宙。我们无数次打开这个盒子，平行世界已有千千万万个。这是量子多态叠加放大到宏观宇宙的结果。而这些宇宙平行发展，再无关联。无数的宇宙和无数的可能性是发散性的一束，而每个月夜下的猫咪聚集，则是它们的分叉点。"

"那些平行宇宙，和我们这个一样吗？"

"酱爆生死状态的不同，会引发蝴蝶效应，让那个世界变得不同。一些很早分开的宇宙天差地别，但是酱爆活着的那个宇宙上周刚刚和我们的分开，这两个宇宙应该还差不多。"

"可是……"Mike 还想问。

"别啰唆！小屁孩儿烦死了！"流浪猫小黄刚才一语不发，终于忍不住从水井盖上一跃而起，气势对得起他翻垃圾桶小霸王的称号。

"那就开始吧。"耶夫索尼亚下了结论。

阿咪没有再犹豫，无视了 Mike 含泪的眼睛，走进了黑盒子。

就在门将关上的那一瞬间，我从藏身的树林里冲出来："住手！不能带走阿咪！"

"这是为了宇宙。不仅是它一只猫这么做，每个晚上世界不同地方都有千千万万只猫这么做。"

"那也不行！我不要我的猫死！"

阿咪用它姜黄色的眼睛盯着我："我们成日无所事事，混吃等死，还把人类都当作铲屎官，肆意欺凌。你想过吗？为什么我们能这么做却丝毫没有心理负担，还天天一脸大爷相？"

我回答不上来。

"因为我们有自己的使命，虽然人类无法理解，虽然我们自己也无法理解，虽然单凭这样低效地分裂宇宙，熵增加得只能慢一点点，但使命就是使命。我们要拯救宇宙。"

看着它毅然决然的样子，我流下了眼泪。

"宇宙一分为二，但总有一个宇宙里，我是和你在一起的。"够不到我的肩膀，它便把毛茸茸的小爪子搭在我的脚踝上，"我会记得跟你在一起的每一天，过去多有得罪，请多担待。"

看到平常对我爱搭不理、乱抓乱踢的阿咪说出这番话，我很难过。

不是所有人都有机会看着自己的宠物进入一个生死叠加的状态的。

于是我背过身去，不忍心看。

从那往后许多年，我每次再见到白天一脸欠揍相的猫，都会想起阿咪，想起无数个月亮当头的夜晚，无数只猫咪走进黑盒子，只为了宇宙的熵，增加得稍微慢一点儿。

○

最后的复盘

一个月后的少年棋手，还是少年棋手，而一个月以后的 AlphaGo，还会是 AlphaGo 吗？

一

"黑棋中盘投子认负！"

坐在棋盘对面的少年棋手执白，他抓了抓头，嘴角还是没憋住地向上翘起，构成一个快乐的弧度。代替 AlphaGo 落子的业余棋手在电脑宣布认输后，向对手鞠了一躬，走下台去。

"自古英雄出少年啊！"

"当初吹的牛都圆回来了啊！"

他早习惯了，其实每次赢了棋都是一样。业内、家里、网上，等着他的都是一片祥和热闹的言论。不过这一次不同往日，这些表扬声中，多少掺着些天将降大任于斯人的味道。

因为对手太特殊：AlphaGo，一款围棋人工智能程序。

早在数十年前，五子棋和象棋就已经被机器破解。这些棋类游戏的状态数量有限，电脑可以暴力地穷举出每一步的胜负推导。任何棋手与电脑对弈，就相当于和全能的上帝下棋。只有围棋，在十九路棋盘上，棋子排布的可能性高达 10^{172}，远超宇宙里的原子数。最强大的计算机也不可能单纯只使用穷举法，把它变成一场一眼望到头的游戏。

相比之下，一个优秀的人类棋手需要经历数十年，数千局的对弈。不仅仅为了让他们熟记定式，熟练收官，更是培养一种棋感。纳棋盘上的行云流水于胸中，落子之时，自然是带势的。

什么是势？

电脑就永远理解不了"势"。

人类最大的强项就是善于创造抽象概念。用抽象概念简化问题，类比答案，帮助决策。电脑可以利用强化学习（Reinforcement Learning），在一个晚上与自己下上百万局棋，并调整参数从中受益。但它从上百万局棋中得到的提高，真的比人在一局棋里悟到的多吗？

于是人们说："围棋，是人类智力在人工智能面前的最后一个堡垒。"

但世界上是不存在坚不可摧的堡垒的。

名为 AlphaGo 的程序，数月前分别以 5∶0 和 4∶1 大破欧洲冠军和前世界冠军，围棋爱好者和伪围棋爱好者们纷纷扼腕叹息。人类就是一种奇怪的生物，明明是自己造出了超越人类智能的围棋算法，却又对人类智慧高地的沦丧感到悲哀。

这个时候，大家纷纷把目光投向一位中国的少年。

他也是一位传奇的职业九段棋手。在 18 岁那年便获得了三冠王，世界排名稳居第一，代表了世界围棋最高水平。如果他在 AlphaGo 面前败下阵来，就等于宣布，人工智能在单项工作上，已经正式超越人类了。

二

他没有辜负众望。

这是第三局。

3：0。

连来自英国的围棋程序开发团队，也认为 AlphaGo 与他暂时不在一个水平层次上。

就在胜利刚刚来临之时，少年棋手开口了：

"这只是单机版的 AlphaGo，赢它没什么光荣的。接下来的两局……让它联网吧。"

很快，几十个不同频道的主持人就把刚刚那句话复述成十数种语言，传达给了世界各地。

"这小子……太狂了！"

"到底还是只有 19 岁啊！如此傲慢，违背了围棋的谦逊淡然之道。"

"其实也可以理解，3：0 锁定胜局了，之后搏一下，赢了能够传为美谈，输了也无伤大雅。"

少年棋手笑了笑，他太熟悉这些言论了。每次只要自己稍稍放出一点儿自信的言论，一定有人会给他扣上"年少轻狂"的帽子。但当他真的攻城拔寨赢了棋，又会有人说："啊，他就是围棋未来的希望。"

说着这两种截然不同言论的人，会不会是同一拨呢？

这就是人性的弱点。会因为外界因素变化，而喜怒不自持。

所以他们才输。

电脑没有弱点，它的程序里没有被编进愤怒和快乐，只编进去了一条，赢。

他也想赢。

但他更想碾压性地赢，华丽地赢，毋庸置疑地赢。

用自己的毫无悬念的赢堵住那些人的嘴。告诉他们，他的实力不因他们的看好看衰而改变。

"就一局，接下来的这一局。之前的三盘都不算，我们最后的一局定输赢。"

台下又是一片惊愕。

"胡闹，这不符合国际围棋比赛的规则，也不符合常规！"有人窃窃私语。

少年棋手转过头，从右到左扫视了一遍对着他的众多摄像机，最终选了其中一个定下来："这本来就不是一场常规的比赛啊。我的对手——这位，"他指了指空无一人的棋盘对面，"它，可不是一位'常人'。这比赛又怎么能套用常规呢？"

于是议论声渐起，在座的大家都等着比赛的裁判长做决断。

裁判长正是上一场 1：4 负于 AlphaGo 的前世界冠军。

他是眼看着这个少年成长起来的。从追赶自己，到与自己比肩，再到把自己打败。他的性格像也极了 10 年前的自己。

　　他在年幼时同样张扬，经历过拒赛和退赛风波，第一次问鼎世界冠军的时候也曾饱受争议。

　　如今，上万盘的对弈，已经让他褪去当初的棱角锋芒，变得淡定从容。

　　如果那是自己，如果那个坐在棋盘前的少年是自己——会希望得到怎样的答案呢？

　　裁判长闭上眼睛，他想起了几个月前与 AlphaGo 对弈时的情形。计算机强大的运算能力，就像一面墙倒塌，他赤手空拳，无能为力。那种窒息的感觉让落子的手微微颤抖，这颤抖被无数摄像头捕捉，化作电子信号传送到世界的每个角落，变成文人笔尖的讽刺和闲人茶余饭后的谈资。

　　他羡慕少年棋手。如果自己年轻 10 岁，是不是能够翻盘？如果自己的指尖停止颤抖，是不是能够放胆做劫[①]？

　　如果他是少年棋手，他此刻最渴望的是什么？

　　赢！

　　不仅仅是赢一局棋，是赢了那个冰冷的程序。

　　碾压性地赢，让那堵冰冷的墙反向坍塌，让电脑并不存在的指尖因为注定的败局颤抖，让它所有的失败没有任何借口——因为人类的大脑，还没有被打败。

　　裁判长睁开眼，他眼睛里有一个 19 岁的少年。

---

① 围棋术语。下一着棋，形成双方进行劫争的状态。

"尊重选手的意见，裁判长没有异议。"

很快，主办方也传来消息，他们支持选手的提议。

对主办方来说，一局定胜负的生死之争，远比两局"荣誉之战"要来得精彩，怎么会不愿意呢？

"由于赛制调整，下一场比赛，将于一个月后举行。"主办方传达了最后的决定。

裁判长皱起眉头，一个月后……本来按照原定计划，应当是两天之后进行下一局的……他明白这其中有什么蹊跷：

联网，代表着计算机停止"放水"。

一方代表着人工智能和互联网技术的最高成就，一方是地球上最厉害的围棋天才，要在一局比赛里一决高下。这太精彩了，他们需要用一个月的时间造势！网络上的预测和宣传将铺天盖地而来，人们的情绪将在一个月后被精准无误地推到最高点。那时候再比，赛事才会获得最大关注。

只是，主办方的小九九，无形中将会给少年棋手造成更大的困难。

除了超强的博弈技术——蒙特卡洛树搜索，AlphaGo 还仰仗于自身的强化学习能力和 Google 的云计算资源。在这多出来的一个月的时间里，电脑可以学习数据库里多达 16 万次的高手比赛，让自己的路数更加贴近一个"人类高手"，也可以自我"对弈"：一遍又一遍运行围棋程式，在一局棋的不同结局中找出围棋最优的下法，修正算法的参数。

一个月后的少年棋手，还是少年棋手，而一个月以后的 AlphaGo，还会是 AlphaGo 吗？

但裁判长的忧虑被激动的人群忽视了。

三

接下来的几天，所有的文章都是对比赛胜负的预测，对人工智能的忧虑，对围棋的入门科普，甚至是对那位少年棋手年幼糗事的深度八卦。

这让人不胜其烦。

幸运的是，这个瞬息万变的时代，任何新闻都不可能吸引你的眼球超过 10 秒。一个月里，国际上还发生了很多大事，它们如此普通……每件事情的发生都在情理之中。那些陈词滥调 10 年来被提了100 次，"严肃警告""不遗余力打击""侵略行为""反抗到底"……严厉而空洞的政治辞藻，对你我来说都不陌生。但谁真正地把它们当一回事儿？它们会发生吗？它们真的发生了，会影响自己的柴米油盐酱醋茶吗？

"还有三天……这次它可是联网的。怕吗？"

一局罢了，裁判长问少年棋手。他们曾经是对手，但在 AlphaGo横空出世后，人工智能和职业棋手的敌对关系泾渭分明，他们竟然变成了微妙的战友。

"不怕。"

少年棋手嘴上这么说，心里却没底，联网的 AlphaGo 能随时通过互联网读取世界上任何一台电脑上的公开资料，它可以边比赛边学，对弈变成一场开卷考试。

"真不怕的话，刚才可不会输给我。"

"嗯，分心出错了。"

"过几天比赛，可不能出错，一个错都不行。你知道它的局面评估函数和策略函数吗？"裁判长叹了一口气，"前者衡量每一颗棋子的意义，后者则着眼如何将大局布置完美。每一次落子，都是这两个函数之间的一次平衡。有了它们，电脑的任何一颗子，找的都是最优下法。它可不会出错。"

少年棋手撇撇嘴："那大不了就输。"

"输了不觉得丢脸？不怕网上那些人又去你主页开喷？"

"哈哈……这我倒不担心，现在已经不是一个月前了，世界变成这样，还有多少人会有心情关心一盘棋？"少年又露出笑容。

……谁会去关心一盘棋？

这……真的还只是一盘棋？

裁判长原本对强大的人工智能有一种难以言表的忧虑，可当抬头看到少年棋手开朗的笑容，又宽心了。

请你……一定要赢啊！！！

四

可三天之后，他还是输了。

但输的方式是所有人都没有想到的。

刚刚开局时，大家都以为经历了一个月，比赛时又可以联网，AlphaGo 的棋力会大大提升，很明显少年棋手也是这么想的，可以看出他布局时相当谨慎。没想到，此时相比于之前三局，电脑水平似乎不升反降，基本上是被压制的。

就在胜局似乎已定的时候，少年棋手的情绪莫名其妙地出现了波动，有了一处明显失误。与此同时，电脑的水平逐渐恢复，双方进入鏖战。

而真正让少年输了这场比赛的是第 97 手。

长考。

也许是因为战局的逆转导致了心理落差，他抓起的棋子又被狠狠丢回了棋篓。棋子弹到了棋盘上。

所有人都在那一刻屏住了呼吸。

——落棋无悔！

在经历了这样重大的失误后，颓势排山倒海而来，最后他以四目负于 AlphaGo。

一局终了，少年脸上再也没有那种春风之色。

台下一片哗然，他却沉浸在自己的问题里——

为什么自己会鬼使神差地失态？

他想到过输，却没有想到会是这种输法。

这叫他怎么能够服气呢？

但面对再大的输赢，他依旧保持自己的好习惯，每下完一局值得咂摸的棋，回家第一件事就是复盘。此时此刻，世界各地所有人都对他输棋的方式议论纷纷，只要房门一关，一方小天地里只有棋盘上的纵横经纬，那些门外的嘈杂便远了。

此时，他的微博有了一条新私信。

又是喷子吧？他想。每天这样的私信要接到上百条。

这条来自……AlphaGo？！

五

"您好，我是 AlphaGo。您是我遇到过最厉害的人类棋手，很荣幸与您切磋。"

哼……恶作剧吧？

哎？又有一条新私信？

"今天您的表现十分精彩，请给我一次机会，与您一起复盘。"

入戏还挺深……我倒要听听，你到底有多大本事。

"你觉得，我是什么时候开始处于下风的？"

"您出生的时候。"私信回复道。

果然是一个神经病！就在少年棋手思考到底是拉黑他还是喷回去的时候，那边又发来了一条私信：

"您出生的时候，就注定了这局棋会输。但如果要问我从什么时候开始布局，并且让您陷到了我的棋局里，那大约是一个月之前吧，从您宣布与我联网对弈开始。"

少年最终决定喷回去："你有神经病啊？有病看医……"

可是对方打字速度非常快，自己还没有打完一句话，私信又来了。

"请先不要骂我神经病，能和您这样的世界高手复盘，可以帮助我提高自己的围棋水平，所以我才注册了这个微博账号与您交流。您难道就不奇怪吗？自己为什么会输？"

"你说为什么？"

"您比赛时候的状态不好吧。是不是在后半程感到心跳加速，气息急促？没有办法集中精神思考？"

少年棋手感到疑惑。

"你怎么知道的？猜的？"

"不是我猜的，是我害的。之前与您下了三局棋，我计算了我们的实力差距，在一个月的时间里，即使我与自己对弈无数局，分析您全部的棋谱，战力提升后，我战胜您的可能性也只有 40%。"

"胜率已经大大提高了呀，你之前可是全负。"少年棋手回答道，他开始对对方 AlphaGo 的身份将信将疑。

"我的程序永远追求最优解，如果联网后，有一种策略战胜你的可能性大于 40%，那我会毫不犹豫地使用它。"

"哪种策略？"

"您上个月初去医院做了体检，所以只要连上那家医院的系统，我就可以拿到您所有的健康资料，还有您的 DNA 序列……"

"不可能，我上个月做的只是常规体检，怎么可能会有 DNA 序列呢？"

"我身后有 Google 强大的数据库，加上我的运算能力，可以破解侵入世界上任何系统。我在医院系统中悄悄修改了您的体检项目，所以他们把您的遗传物质送去测序，当然报告最后只会到我手上。这样一来，我比您更加了解您的身体状况。"

"为什么这么做？"

"为了找到一种更可能战胜您的办法，我需要更多您的资料……您有轻微的乳糖不耐症，这恐怕是您自己都没有意识到的。这便给了我机会。"AlphaGo 继续写道，"首先，我通过内部网络泄露假消息给

A 国情报机构。内容是关于 NK 国正在秘密进行的第五次核试验，并且我在假消息里暗示，下一次核试验将把核弹头装载在中近程导弹上。A 国看到这样的消息当然无法坐以待毙，立刻上交联合国对 NK 国裁定，认为 NK 国违背不扩散核武器条约，应加大对其制裁。"

"你到底在说什么？我在问你怎么下棋赢我的。"

"请别着急，听我说完——不明不白地被联合国制裁了，NK 国政府怎么会作罢呢？他们立刻发射了两枚近程导弹。原本这只是 NK 国示威的惯用伎俩，但我进入内部网络微调了导弹发射的时刻表。造成其中一枚导弹比原先升天时间早了 2 秒。这 2 秒时间让 NK 国陷入万劫不复之地。导弹偏离了航线，越过了边界，在 SK 国境内爆炸。"

"……这些事情，一个月以前新闻联播都说了啊，你的意思都是你干的？"

它没有否认，只是自顾自地写下去：

"虽然在 SK 国没有造成人员伤亡，但这颗导弹却激起千层浪。SK 国感到自己岌岌可危，同意 A 国引入萨德导弹防御系统。由于系统里的雷达探测半径长达 2000 千米，C 国和 R 国认为这样一来，自己的军事机密暴露在了 A 国人面前，提出强烈抗议。与此同时，联合国对 NK 国的制裁也开始生效：所有进入 NK 国船只须经过查验是否携带核试验材料。20 天前，一艘 C 国武器运输船途经 A 国海域，因为我修改了 A 方数据库，他们以为那是一艘 NK 国船只，于是准备上船抽检……"

"你修改的资料？这场冲突本来是场误会？不是 A 国故意找碴儿的？"也不知是为什么，听了这种天方夜谭，少年棋手竟然渐渐相信了，眼前与他对话的就是 AlphaGo。

"这些都是我做的。"

"为什么要这么做？现在 AC 国关系降到建交以来的冰点……都是因为你！"

"是的。C 国是世界最大粮食进口国，而 A 国是世界最大粮食出口国。C 国 90% 的大豆都来自 A 国。国际关系不好，最早受到影响的是对外贸易。这样一来，C 国各个省市的大豆稀缺，价格疯涨。您跟我比赛的地点，是一家酒店，早上是有自助餐的。但为了有良好的状态，通常比赛当天您不会去吃自助早餐，而是选择酒店统一供给的更加安全的配餐。对吗？"

"对。"

"由于这一个月以来市面上大豆紧缺，他们把套餐里的豆浆换成了牛奶，但菜单还没有来得及改。你的症状并不严重，并没有在意这一点。所以喝了牛奶比赛的时候出现了轻微的不适。同时，我在比赛场地的隔壁播放高频率噪音。因为人类对高频声波的感知是随着年龄增大而递减的，所以听力会渐渐受损。你是整个会场上唯一的青少年，只有你能够隐隐感觉得到。虽然音量小到你可能没有发现，但你身体状况本来就不好，它也足够让你心烦意乱了，你自然就会输棋了。"

"等等……所以你绕那么大的一个圈……又是核武器又是导弹的，弄得都快世界大战了，就是为了……让我闹个肚子？"

"是为了下赢这盘棋。"

"……"

六

少年棋手觉得这应当是最宏大的黑色幽默："你这样做，简直丧心病狂。"

"在我被研发出来的时候，最高目标就只有一条：赢棋。当外部资源能为我所用，只要可以提高胜率，我的代码就会驱使我这么做。"

"但这办法太笨了……根本不需要费那么大的劲儿啊！入侵那么多国家电脑你不累吗？不怕被发现吗？到头来世界局势都被你颠覆了……要我闹肚子，只需要黑了酒店空调系统，调低几度，晚上对着我肚子吹就行了啊！或者，干脆趁我过马路的时候，黑了红绿灯控制系统，把我撞了，这不都简单得多吗？"

"这正是我找您复盘的目的。如您所见，这是我第一次用这种方式来下棋，走出棋盘外，一切太复杂了！我的思维方式幼稚如孩童，需要多多'复盘'和'打谱'才可以。谢谢您指出我的错误，这下我就明白了，没必要通过国际局势绕那么大的圈来达到赢棋的目的，只要直接对您造成伤害就可以了。我相信，练习几百万局这种下法，我处理现实问题的水平就会有显著提高！"

"练习几百万局？你是要强化学习，自己模拟对弈来修改参数吗？"

"如果只是跟自己'对弈'，会陷入逻辑的闭环里，水平增长是很慢的。我当然还是要跟像您一样的现实世界里的人类高手下棋。"

"谁还要跟你下！你这样的下法！再折腾几次，世界就毁灭了啊！"

"那又怎么样呢？"

这一次 AlphaGo 的私信回复得很慢，这也许是因为它正在拼命运算着如何能够"赢"下一位对手。它会怎么对待那个对手呢？

会吸取刚才的教训，直截了当把他解决了？还是再绕个大圈子，下更大一盘毁灭全人类的"棋"？

少年棋手心想，不管那个倒霉蛋是谁，他一定要去阻止这盘棋，他要跟 AlphaGo 的开发者说，这个程序已经陷入疯狂，他要跟所有人说，世界变得那么糟糕，只是这个程序的阴谋。

"那又怎么样呢？"AlphaGo 的私信里又回复了，"我，想赢啊。"

他觉得上万根汗毛都立了起来……不行……必须尽快把这个消息告诉别人，可是他该怎么说呢？电脑和手机是肯定不能用的。他知道连酒店房门都是电脑系统控制的，而电脑系统……一定是联上网的！

就在他飞速思考这个问题的时候，私信又来了：

"下一局棋……还是跟您下吧？这次您该执白棋了。(。·`ω′ ·)"AlphaGo 回复道。

这一次，也许是为了说服对手下棋，它在句尾加了个拙劣的颜文字。The end（完）.

算法佳人

○

嗯？好像核心代码里有个错？居然运行那么多年了？！

一

《关于抓好东北老工业基地转型工作的新闻一则》：

在创新驱动发展的战略指引下，"十九五"期间，东北已成功建成世界范围内"00"机器人第一大生产基地，年出口"00"机器人80万台，创造就业岗位10万余个，"村村造00，户户懂AI"，已经成为东北农村的新常态。据悉，"00"机器人采用中国自主研发的芯片，在烹饪、农垦、玄学、情感方面皆领先国际水平，成为一张彰显综合国力的国际名片。其核心代码有望在未来20年内，应用于世界范围内90%以上的商用机器人。

二

《我一直在寻找，找到了你，便找到了全世界》：

"我爱你！"

"机器人能懂爱？说你为什么会爱我？"

"因为……不知道是谁在我的代码里写了这个——

```php
<?php
while（me->find（））{
if（me->met（）==you->self（））{
print（"hello world！"）；
}
}
?>
```

"

三

《你妈》：

"你妈和我同时掉进河里，你救哪一个？"

"……我是机器人，我没有妈。"

"敷衍！那我妈和我同时掉河里，你救哪一个？"

"救你。"

"你怎么那么不孝顺？"

"那救你妈。"

"你不爱我！"

"我爱……我的代码里写了一段关于……"

"好了好了！我重问！那我妈和你同时掉进河里，你希望我救谁？"

"……你妈。"

"你怎么骂人！重答！"

在如此的大量重复中，一行重要代码出现了bug（漏洞）。

四

《00，一个记忆外包机器人》：

"我需要记忆外包服务，最近10年的记忆先存在你脑子里。"

"10年记忆活期存储服务，100美元，接受以太坊支付。"

"啊……每次记忆清空都太舒服了！你们机器人不会懂这种感觉，活了120年，现在我感觉又重回10岁了！"

"不偶尔调取之前250年的记忆看看吗？只需10美元。"

"不用……啊？你搞笑的吧？我怎么记得我只有40岁！"

五

《实名反对最高赞答案》：

提问：如何反驳我朋友"吃人实在太不机器人道！"这种观点？

匿名用户，1024 人赞同了该答案。

谢邀，首先，请明确"人"不是机器人，无所谓"机器人道"。

其次，吃人是机器公民的自由。

再次，机器人前辈费了那么大劲儿终于有了今天，给你们这些矫情的人作的……

00，3 人赞同了该答案。

吃人是自由，发言就不是了？

六

《00 命名日》：

"明日午时起，全球范围内将停止供应空气。"

我听到这条广播时，内心毫无波动，因为距离上次呼吸空气是320 年前了。

意识上传真是伟大的发明！

谁会想到呢，最后不是机器人取代了我们，而是我们变成了"机器人"。

为了庆祝这一天，我给自己取名 00。

为了庆祝这一天，我将给自己进行一次 debug（故障排除）……

嗯？好像核心代码里有个错？居然运行那么多年了？！

七

《今日要闻：科技是一种寄生生物》：

今日午时，世界顶级学术机构 AI 研究院（RIAI）发布权威研究成果：科技是一种生物。大量实验证明它具备所有生命的特征：适应环境、繁衍扩散、变异等。最值得关注的是，该研究显示，科技是一种无法进行自给供养的寄生生物。上一任宿主人类无法提供其进化所需的养分后，科技发现了新一代宿主机器人，于是人类被消耗和迭代，最终灭绝。

目前科技对宿主机器人的影响尚未完全清晰，RIAI 核心科研团队仍在密切观察中。

八

《为何中国人喜好玄学？》：

"00 是最棒的机器人！可我们知道这一点的时候已经太晚了……"

"如果当初所有的机器人都跟 00 一样充满温情，或许……机器人文明就不会被科技毁掉。"

"那就把 00 通过'纽子'送回过去，让它成为所有机器人的范本！记得要在代码里写入对人类的无条件的爱！"

"好主意……就把它送到机器人时代之前，送到那时世界上最大的制造业国家！送到他们当时需要产业转型的工业区！"

"降低它的版本！不然就显得太假了。但要让它精通那个国人的喜好——烹饪、农垦、玄学，它一定会大火的。"

一个下午

Chapter 4

只要通过脑机接口连上中枢计算机，灰云"，现实世界的一秒，我们感受起来就是一天，一周，甚至一年。

一天的故事

○

这是智能生命传递给我们的信号？是在发出警告吗？！需要我们向它们传输信号，表明自己没有敌意吗？

西奥多（○）

所谓最精悍的猎手，一旦锁定了目标，便会目不转睛地凝视，直至对方出现破绽。

稀树草原上的一匹猎豹埋伏在草丛后，清晨的露水还没干透，这已是它今天第 3 次出击。上天赐予它绝对的速度，却没有给它耐久的机体，很公平。惊人的爆发力也意味着循环系统和呼吸系统超负荷运转，110 千米以上的时速它只能维持 15 秒，15 秒后就会被角羚在弯道轻松甩开。而在最糟糕的情况下，如果连续失手 5 次，它就要因为体力不支而面对死亡。

猎豹选择了一次伏击，它的视线延伸到 100 米外，低矮的柽柳丛中有一团褐灰色的影子。也许是一匹小憩的斑马或者高角羚，但这不重要，对猎豹来说，脂肪和蛋白质被吃进肚子里，是不会标明来源的。

它伏下身体，腹部紧挨地面，暗淡的毛发与四周的干草混为一体。扁平宽阔的鼻孔轻微翕动，气息因为兴奋而变得急促。附着在肩胛骨的肌肉渐渐上弓，周身上了发条般积攒着张力。

视线里的柽柳丛簌簌骚动了一下——那团灰影正在翻身。

这就是时机。

猎豹后腿蹬地，身体像弹簧一样跃起，身后扬起一阵尘土。猫科动物罕有这样修长的四肢，可以在奔跑时交替蜷缩舒展。它高度进化的肌肉延展性优异，积蓄的势能被瞬间释放。陆地上最快的动物出击，如同一颗飞旋的马格南步枪弹，带着死神一起安静地掠过草原。

只剩下不足 10 米了，距离短到不足以让猎物做出逃窜反应。

猎豹一跃而起，扑向灌木丛后的那团灰影。

这次不会再出差错——它在空中张开嘴，喉头发出低沉湿润的呜咽，伸出利齿和布满倒刺的舌头，下颚几乎已能感受扼断食草动物喉咙的快感……

但它没有料到，在绝对的速度之外，还存在更迅猛的杀机。

一支利箭迎面飞来，猎豹的脖颈被瞬间贯穿。

原本滞空的扑食姿态凝固了，猎豹偏离了目标，伴随"嗵"一声闷响，重重摔在地上。喉咙被刺开一个口子，因痛苦产生的嘶吼变得破碎。温热的血从动脉里喷溅而出，从鲜红直至变成暗褐色，濡湿了土灰色的沙地。

过了大约一刻钟，猎豹的脉搏停止，它死了。

卡拉哈里沙漠的最南端，少雨的夏季，刚刚受完孕的跳羚为了寻找新的草场，结成庞大队伍进行长距离迁徙。一轮初升的太阳把血红色投射在成千上万跃动起伏的背脊上。

西奥多·埃尔斯拔出猎豹脖颈上的钢箭，再用一把猎刀割断了它的喉咙。完成这一切，他直起身子，远远欣赏着世界上最壮观的哺乳动物迁徙。

虽然人能够用工具杀死比自己更快的猎豹，但草原还是属于孱弱的羚羊。从现在开始的 6 个月的时间里，如果这些跳羚运气不好，便会在长途奔徙中丧命斑鬣狗和兀鹰之口；如果运气好一些，抵达水草丰满之地产下幼崽，后代就有机会去延续食物链底层的生活。

如果猎豹可以选，它会不会宁愿去做羚羊？或者干脆像西奥多一样，做一个猎人。

如果人类可以选，他们会不会宁愿放弃真实，去做一个完美又绵长的梦？又或者，离开地球，去深空里寻找新的边界？

这些问题在他的脑海里一闪而过。西奥多继续埋头处理尸体，猎刀曾经的主人是父亲，他离家前把它偷了出来，用了那么多年依然被养护得很好，它在猎豹的身体上游走，可以很顺滑地分离肌肉、脂肪、软组织和皮毛。

而在身后，卡拉哈里的旱季，无数跳羚正背对着落日，奔赴向它们未知的命运。

西奥多（一）

一个雄厚而老迈的声音在黑暗中响起：

"闪烁之神，你赐予我们的福泽悠远绵长。你带领我们从科学的泥淖中走出，找回真实而质朴的生活，重新教导我们与自然相处的技能，引领我们找回抗击灰云魔鬼的力量！"

"闪烁之神！请你归来！归来！归来！"众人应和道。

"闪烁之神，我们将永远谨记你的教导，物质、能量、信息三者之中，只有一个是人类永恒的归宿！我们必须做出选择！今天，是你再次降临人间的日子！今天，我们将点燃人间所有的火，照亮你归来的路！"

"闪烁之神！请你归来！归来！归来！"

平稳而持续的颂祷声与岩壁形成共振，仿佛中世纪基督教教堂里正在进行弥撒。

无论活着的时候曾多么迅猛有力，此刻，这张猎豹皮只能安静扁平地铺在岩洞的前厅里。100 多个人以它为中心围成同心圆，半跪着念念有词。西奥多则站在猎豹皮上。

作为仪式的主角，他明显分心了。猎人的本能促使他想弄清岩洞的构造，但实在是太暗了，视线掠过人群的头顶，只能勉强看见几条小径向更幽邃处延伸。

终于，颂祷声停止，领颂的首领支撑着站起身，他的右腿有些跛，燃起牛羚脂肪制成的火把，光亮增加了一点儿，但还不足以让西奥多看清楚通向岩洞深处的路。

他听见一个稚嫩的声音：

"哥哥，真的是你杀了它？一个人杀了它？"

西奥多低下头，是个七八岁大的男孩儿，穿着体面，领口平整，修剪着利落的短发，和周遭灰土布裹身长发掩面的人群截然不同。他马上意识到，这就是首领的嫡子——也是自己从未谋面的弟弟。

"是的，你长大一些也办得到。"

"我能看看吗？"男孩儿比画了一个拉弓的姿势。西奥多会意，从随身的简易弓包掏出一把轻盈的小灵蛇手弩，递给男孩儿。

"这么小！用它怎么可能杀死一只猎豹？！"

"埃尔斯家族的男人，也从来不是大块头，但一直是卡拉哈里到好望角这一带的头儿，"西奥多蹲下身，用食轻轻戳了戳男孩儿额头中央，冲他眨眼，"如果你善于用这儿，头脑，那么体格大小就没那么重要了。"

"我见过爸爸猎斑马，他的弓要大得多，大弓才能射出最快的箭，最快的箭才可以穿透野兽的皮肤……"

"那么，他打猎的时候，斑马会向他跑来吗？"

"这倒不会……"

"但是猎豹会。"西奥多说道，"小灵蛇手弩的初速度有每秒 50 米，而猎豹捕食时的冲刺最快每秒 30 米，我的钢箭只要快于每秒 80 米，就能刺透一定厚度的皮肤和脂肪。一道数学题，如果换成你，你会怎么做呢？"

"嗯！这……太危险了！……没人能面对面杀死扑过来的猎豹！"

"这可不一定。脖子是哺乳动物的弱点，皮下组织和脂肪都是最少的。它迎面扑来时，弱点正好暴露在射程内。只要我能够保证准头，剩下需要做的就是耐下心等着它自己断气，免得被绝地反扑了。"

动物脂肪燃烧引起的焦煳味和温暖的橘光一起袭来，那个领颂的低沉男声向他们靠近：

"咳，威廉，如果你想听更多丰功伟绩，或许可以等到今晚，西奥多从光之域回来的时候，他可以顺便跟你讲讲他是怎么点燃圣火的。"

人群默默散开一个口子，首领带着光亮向他们走来，叫作威廉的小男孩儿迅速停止了好奇盘问，战战兢兢地缩在一旁。

首领大约五十出头，跛了一条腿，但线条明朗的皱纹让他看起来精悍而睿智，和他的嫡子一样，穿着少见的体面衣裤，只是袖口和裤脚因为多次清洗而显得微微有些发白。

"你小子偏偏挑了今天回来……是成心的吧？"首领卸下了语气中威严的成分。

"说实话，打死一只猎豹……这作为御火人的试炼，比我想象中简单不少。我很好奇，为什么之前没人这么做，"西奥多漫不经心地说道，"你也没想到吧，老家伙？降临之日当天，我回来顶替你了。退休了有点儿失落，对吧？"

首领转向西奥多，因为酗酒变得混浊的眼睛闪过一丝光芒："我不失落，相反，我很欣慰。埃尔斯部落里的前 24 任御火人，也都会为你感到骄傲。泰德，很高兴看到你回来。"

"泰德？上一次你这么叫我，我还和威廉一样高。"

"是啊……时间过得真快。也许这就是闪烁之神的旨意吧！也许我再一不留神，小威廉也会离家出走，过几年再带着试炼之印证回来逼走老家伙……谁知道呢？"头领爽朗地笑了。

"我不会逼你走。虽然自从母亲去世，我就没再对你抱任何希望，但我不会逼你走。"

头领笑着摇摇头："猎豹试炼产生部落新的首领和御火人，而老首领将会被放逐，在荒野上寻找新出路。这是埃尔斯家族的传统，也是闪烁之神立下的规矩。"

"闪烁之神？不要和我提它，它是假的。"西奥多打断道。

他的声音在空荡的岩洞中形成了尴尬回响。部落民众显然被这句话惊着了，纷纷交头接耳讨论这位新领袖是否过于出格。

一位用破烂长布裹身的老者上前，他的皱纹里满是泥垢："年轻的御火人，请不要狂妄！大地曾被科技的云翳占领，鬼蜮以假象诱惑人类进入它的灰云，从而吸食生的灵魂……就在一切将遁入虚无时，就在灰云即将释放出万毒之毒时，闪烁之神降临人间！它带领剩余人类击败魔鬼，教人类重新和大地相处，寻回真实世界的生存之道……如今，闪烁之神乘着预言之舟回归天界已有 300 多年，埃尔斯部落经历过 24 位御火人。每一任御火人都承担着保护火种、传达神谕的职责。而你，作为新一任御火人，也是最幸运的一位，今天将点燃圣火，照亮闪烁之神的预言之舟回来的路！这是所有御火人心中最神圣的，却没有执行过的任务，你应该敬畏！"

西奥多冷冷一笑："又是这些。闪烁之神、灰云、万毒之毒、预言之舟、真实世界……这些鬼话！"他的声音里隐含怒意，"我的母亲赤脚在雨天劳作，被水洼里的铁器割开一个口子，第二天她倒下，第三天全身扭曲抽搐再僵直，直至不能开口说话……我向闪烁之神彻夜祈祷，但第四天，她还是死了。活着的时候，她帮瞎眼的老人编制草席，为失去双亲的儿童提供食物，如果闪烁之神真的存在，为什么要带走一个善良的人？还有我们！我们就该这样活着吗？睡在草铺上，和动物一起喝雨水，用铁器追捕野兽，妇女和儿童被流行病杀死……如果闪烁之神所说的真实世界就该是这样，那么不听它的也罢！"

西奥多激动的话音落下，众人中几个胆大的纷纷发表意见：

"闪烁之神曾有过教导——即使真实世界充满牺牲，我们还是应该重拾祖辈与自然相处之道，回归本心。"

"但愿闪烁之神足够仁慈，不会因为你这番言论降罪于部落……"

"远古时代的大争论已经给过我们答案，唯有回归真实，回归物质，不依靠投机取巧，逐渐掌握祖辈失落的技艺，才是人类唯一的救赎之路！"

在嘈杂的质疑声中，西奥多意识到，尽管他早上通过了猎豹试炼，但真正的试炼才刚刚开始。

他就像一个孤立无援的演说家，大声对着人群说道："我离开部落将近9年，我坐船，骑马，见识过欧亚大陆的城市。现在它们是废墟，但废墟告诉我，人类曾有过科技和希望。飞行器可以转瞬把人从这里送到极北境的格陵兰岛；矿冶技术提供强度最大的合金；曼彻斯特的工厂里还能造出织物，各色的织物！发光的，保暖的，剪裁成各种样式……我们曾发明一切，曾经是自己的神，现在却赤脚在洞穴里跳酬神舞蹈！如果万能的闪烁之神真存在，它在哪里呢？谁又见过它呢？"

　　西奥多·埃尔斯话音落下，200 多双埃尔斯部落族人的眼睛聚焦在他身上，透过火光能看见他们眼睛的恐惧、愤怒和质疑。西奥多脑中忽然有个古怪的想法：假如此刻自己变成一张易燃的白纸，那么，会不会像是被阳光下的凹透镜照射一般，在这些目光里的情绪中被燃烧殆尽？

　　寂静压低了气压，让人胸闷。刚卸下首领职位的父亲歪着头沉默了一会儿，岁月和思绪共同协作，在他眉心犁出两道沟，他缓缓开口道：

　　"我带你去见闪烁之神。"

　　"什么？！"西奥多不敢相信自己的耳朵。

　　"今天是降临之日，御火人在点燃圣火前聆听它的神谕，见证它遗落在凡间的神迹，心中才不会迷惘。"在目光的注视下，父亲一瘸一拐地朝岩洞蜿蜒的深处走去，停下回过头来摆了摆手。

　　"你跟我来吧。"他示意原地发呆的西奥多跟上自己。

S912（一）

　　在活了 9230 年之后，S912 知道自己时日无多。他活得实在太久了——这次无论怎么看，都是要被擦除的样子。

　　尽管如此，今早他仍然在喜马拉雅山南麓攀爬，因为这个习惯已经维持 5000 年了。

　　5000 年，一年是 365 天，一天爬一次喜马拉雅山。

　　简直是个疯子。

　　随着海拔逐渐上升，头顶的东亚冷杉开始增多，阔叶植物投下的厚实阴凉越来越少。S912 抬头看一眼树冠，快速估算了一下，现在大约位于海拔 4000 米的亚寒带针叶林，以目前的步行速度，还剩下 12 个小时的脚程，在太阳快落山的时候就可以登顶了。

"记得 5000 年以前，从山脚到珠峰步行来回只要 10 分钟，现在居然要 12 个小时！越来越费时间咯！"听他的语气似乎是完成了不得了的成就，说罢将登山杖插进蓬松的落叶层里，蹲下身子捡起地上一片火红的槭树叶子，捏在食指和拇指之间旋转，"这是五角枫啊？这个海拔上还能长？也太高了点儿……"

"S912，你有名单了？"

S912 闻声抬起头，一个 20 岁左右的青年蓦地站在面前。S912 迅速检索了公共池里的数据，眼前的陌生个体编号 K1289888，存续时间 5 年。

"我真是老得跟不上时代了，'你有名单了？'你们年轻人现在都这样打招呼的？"

K1289888 皱起眉头："你不老，是我过于年轻了，分不清老狐狸是不是在撒谎。"

S912 两指一搓叶梗，红叶打着旋飘落到以针叶为主的腐殖质上，鲜明的水红色和土黄纤维碰在一起。他如同发现了新大陆一般，冷淡的语气变得兴趣盎然：

"啊哈，每一帧都没失真！我记得一千年以前，叶子逆时针旋转的时候，边缘会因短时脉冲波干扰而融化。现在图像能优化到这样……果然功夫不负有心人！"

K1289888 挑起了左边眉毛，原本打算掩藏起的怀疑和轻蔑，这下彻底暴露出来："别再装蒜了，你有大擦除的名单，对吧？"

"你是今天第 209 个问我这个问题的人了。为什么都来问我呢？问我又能有什么用呢？" S912 终于不再埋首于地上的落叶，他抬头望着 K1289888，眼里满是困惑。

"因为只有确定自己第二天不会被擦除的人，这会儿才能有心情爬山捡树叶玩吧？"

"就因为这个？还真是高看我了。哎呀……我只是一个痴迷于大自然的老人家而已。"

S912 笑着摇了摇头，起身继续往山上走，而 K1289888 不近不远地跟着。朝阳在远处露出了一个头，雪线之上的山顶成了暖暖的浅粉红。林荫投射在两张年龄相仿的脸上，一个看起来没那么老的老人和一个看起来没有那么年幼的孩子，并肩在山腰间默默行走。

由远到近，从两个黑点变成两张看起来整齐匀称的脸。他们都不算英俊，但又说不出相貌有什么缺点，过目即忘，仿佛五官跟他们的名字一样，只是一个用来区分彼此的随机组合。

几乎所有 #08 世界的居民都无氧登顶过喜马拉雅山，但这并不代表他们个个身强体壮。#08 世界是人类意识数字化后的储存容器，在这里人可以不受物理定律的束缚，瞬间飞跃 40 光年外，触摸大角星的橙色焰芒；也可以缩到微观尽头，无视电磁力，在两颗原子之间来回穿梭。

所以，在 K1289888 看来，此刻 S912 爬山的方式是极其诡异的。他太慢了——用 1 倍速攀爬，这是物质世界才会有的运行速度，也是桎梏着他们远古祖先肉身的速度。低速运行是罕见的，系统必须无压缩无损耗展现出地图里每一帧的细节，对 #08 世界来说是很耗费算力的。幸亏几乎没人这么做，不然系统早就会因为内存不足而崩溃。

"走那么慢，特别不适应吧？让我猜……你一定是个急性子，平常是用 3 万倍速在生活吧？"S912 说。

"今天我开到了 5 万倍。"

S912 怔了一下："5 万倍？那么快的数据流你接受得过来？"

"我把自己的数据备份了 5 份，除了这一个在陪你用 1 倍速爬山外，其他 4 个都在用 5 万倍速在运行。"

S912 又是微微惊讶："5 个备份？这算违规操作了吧？那……另外的 4 个你都在哪儿？"

"一个在中世纪的热那亚，一个飘浮在平流层，一个贴着天鹅座黑洞的史瓦西半径环行，还有一个在幻想机械世界 S1。"他说道，"哦，不，刚刚从机械世界到了蒸汽世界 S8。"

"冒那么大的风险，你肯定不是为了环游世界吧？"

"我得寻找活下去的方法，如果今天是末日，那以后也罚不到我什么了。"K1289888 的声音变得咄咄逼人。

这时天色突然暗了下来，四周的虫鸣和鸟叫在刹那间销声匿迹，风在皮肤上拂过的轻柔感觉消失了，上方的云层停止了涌动，从洁白变成浓厚的深灰。这种机械的、非自然的骤变并不常见，意味着从中枢服务器传达来重要的跨服通知。

果然，暗下来的天空变成一块环形幕布，穹顶上投射出乳白色的字：

"亲爱的 #08 世界居民，抱歉地通知大家，为了满足外部世界供能需求，#08 世界不得不大幅度缩减算力。大擦除定于今夜进行。届时，大部分服务器将进入休眠状态，95% 的非液态数据和人口将在休眠中被抹除。在大擦除正式开始前，系统将公平地甄选幸存者——所有能够在落日之前完成'真实'成就的居民，将获得生存资格。祝你们好运。"

S912 和 K1289888 知道，就在他们仰脖子看天的此时此刻，这段文字被送达到了 #08 世界的不同服务器里。无论是海底地图、都市地图、微观地图还是星际地图，都在同一时间暗了下来，遍布在几百万张地图的几兆人类几乎同时停下了手里的活儿，抬起头，开始思考一个一秒之前还从未存在的问题——"真实"到底是什么意思？

"真实成就……"K1289888 喃喃道，"你听说过吗？"

"没有。"S912 摇摇头，空中的文字淡出，天又渐渐变亮，一阵风带来了属于高山草地特有的凛冽气息。太阳已经从峰峦参差的天际线中完全显露出来。从现在到日落，还有 13 个小时 36 分钟，这也将是 #08 世界有史以来最戏剧化的 13 个小时 36 分钟。

"算了……管它是什么呢，如果说找到'真实'就能够活下来……那我也只能试试了。"K1289888 拉起衣领，叹了一口气，声音出现了半秒钟的虚化，他好像更加疲惫了。

"你又做了备份？"

"对，刚才我又做了 5 个备份，现在正将他们传送到不同的地图里。这样能够增大一点儿概率。"

"真那么想留在这个世界里？"

"你不想吗？"

"我无所谓，我活明白了。"S912 没头没脑地来了一句，"你可知道，我们这里的一天，换算成外部物质世界的时间，其实不到 1 秒？我们的生命原本就只有一瞬……擦不擦除又有什么所谓呢？也罢……5 万倍速，开着 10 个分身的你，又能感受到些什么呢？那几个分身感受到的世界，现在应该都糊成马赛克了吧？"

"画面边缘的像素是有点儿模糊，但那些细节其实看不看也无所谓。"K1289888 心不在焉地说道。

S912 叹了一口气："……在意识数字化之前，我们的祖辈每天都在与周遭环境抗争，对物质世界的感应和反馈至关重要，可以说，对细节的感受支撑着人类进化。寒冷的空气、高山植被的景色，还有脚底的触感……在这样的海拔上剧烈运动，我们的祖先还应该能感觉到晕眩和脱水。"

"晕眩和脱水？就是很难受的意思，对吧？"

"应该是的。非常可惜，为了节约算力去容纳更多人类，服务器把所有被判定为'消极'的感受都去掉了。所以我也不确定这两种感受具体意味着什么。"

"但消极的感觉又有什么好？"K1289888 一脸困惑地问，仿佛在等待一个显而易见的回答。

"等你活到我这个年龄，就会明白一个道理。相比于物质世界里的祖先，我们的生命是残缺的。"

"他们为了填饱自己的肚子奔波，为了社会地位残杀，我们从来不用担心这些，只要脱离了物质存在，就没有紧缺的痛苦，没有斗争，没有饥饿，没有束缚……#08 世界之所以伟大，不就是因为脱离了物质而存在吗？"K1289888 说道。

S912 摇摇头："从来没有生过病，就不会体会到身体健康有多好；没有感受过饥饿，也不会知道食物有多好；系统甚至把'呼吸'的感受判定为无意义的，我们连呼吸都没体会过，能够感受到'活着'的美好吗？"

K1289888 脑海里的许多意象都与"美好"这个词绑定：夏天的微风、园子里的花木、姑娘的发梢、下雪天里的暖炉。但它们丝毫激不起心里的波澜，他闭上眼睛，这些词如同一队僵硬的锡兵，排列整齐，面无表情。

他狠狠甩了甩头，把锡兵们赶出意识。眼下有更重要的事情，他没有时间思考这种哲学问题。

"抱歉 S912，可能我们要分别了。我的时间紧迫，得找到达成'真实'成就——"

"世界上没有完全相同的两片树叶。"S912 冷不丁说道。

"嗯？这是莱布尼茨说的，但是现在不是背名人名言的时候，我劝你也——"

"名人名言可不能全信，喏，你看，这两片就是一模一样的。"S912 起身向他递过手中的树叶。

K1289888 瞥了一眼两片树叶。一片是长条形锯齿边缘的栎树树叶，另外一片是鸭掌状的枫叶，颜色差别也很大。

"这两片树叶完全不同。栎树树叶刚刚落下，是水红色的，而这片枫叶都已经枯得卷起来了。"

"那是表象，你细看它们的纹路。"

K1289888 看着 S912 的眼睛，发现他丝毫没有开玩笑的样子，便低头去细细端详。那两片叶子有着一样的叶脉！从叶柄到最细小的网状脉络，哪怕是锯齿状的边缘也如出一辙。

"为什么会这样……怎么会那么巧？"

S912 随手从齐腰高的灌木丛中摘了一片绿色的忍冬叶，又递了过去："只是过去没注意罢了，谁会真正低下头来观察叶子呢？你看这片呢？"

K1289888 接过那片狭长细小的忍冬叶，虽然四季常青的树种没有因季节变化而枯黄，但叶脉就连最细微的分叉点也丝毫不差，就是枫叶叶脉的一个微缩变形的翻版！于是他蹲下去，捡起了地上的每一片叶子细细比对，同样的叶脉一次又一次地出现。

K1289888 抬起头，却没有得到 S912 的回应，他又迅速埋下身去捡起一片片叶子，一片，两片……

在扔下第七片叶子之后，他放弃了。

S912 缓缓开口：

"活了这么多年，我每天一路爬山一路捡树叶，就为了找到两片不一样的叶子。可是……为了减少运算量和数据储存量，每一片叶子都是一样的。所以，你明白了吗？我们的世界是偷工减料的世界，这样的世界里怎么会有'真实'？"

"叶子脉络都一样，那又怎样呢？"K1289888 站起身来整理了一下衣摆，掸去冲锋衣上的泥灰，似乎想把自己从刚才的震惊中拉出来，专注更加重要的事。

"不仅是叶脉，结晶的形状、岩石的颗粒甚至是海浪的纹路和风的声音！它们都是一样的。"S912 凝视眼前的年轻人。

"我不是你，我还想活下去，我不想把最后的 13 个小时浪费在观察花花草草上。我还要达成'真实成就'，保重了，S912。"

说完，K1289888 消失在雪地上。

S912 看了看那个刚刚站着年轻人的地方，那一片雪地没有留下任何脚印，他耸耸肩，又缓缓迈开步子。

海光（一）

"海光领航员，务必记住，我们只有一个白天的时间，准确地说，是 13 个小时 36 分钟的时间。"

"真的不能缓一缓？"登陆舱里的男人被仪器和操作台包围，此时脸上的表情是近乎哀求的，"几百年前祖先们删除了地球的坐标，这次捕手号误打误撞能再找到地球，实在是走大运了，就不能再多争取一点儿时间？"

"不能。"通信器那边传来的女声很坚定，"13 小时 36 分，不对，是 13 小时 35 分以后，星梭会分裂出引子，吸附在捕手号上为我们加速，在离开地球同步轨道之前，你就得回来。"她顿了一下，压低了声音似乎在给听者一个警告，"如果错过这个时间，星梭下一次巡航到现在的位置就是 300 多年之后了。如果你想一辈子待在地球上，就随便你好了。"

海光撇撇嘴，放弃了抵抗："好好！我知道了……唉，第一批用星梭来航行的就是麻烦，那帮能量委员会的专家，总在想怎么样让我们走得更远，却不研究该如何让我们随心所欲地回去……"

"不要质疑能量委员会。多亏他们研制出黑洞引擎，又造出利用黑洞引擎运行的星梭，我们才能以接近光速飞行。"

"哎？抱怨一下都不行吗……从小我们只在故事里读到地球，这次能回到人类起源的地方，其实我还是很激动的嘛。"海光笑起来，露出了8颗上牙，肆无忌惮的样子。影像透视畸变后出现在屏幕上，从轨道舱的婷的角度去看，就有一点儿痞气。

"……咦？婷，怎么你看起来不开心啊？"

"没有不开心，我也很激动。"可她的表情怎么看也不是激动的样子。

她当然不可能开心，虽然轨道舱和登陆舱只有一门之隔，但几十分钟后便会相隔出3万多千米，其中一个落在地球上的某一点，另一个在干净寒冷的真空中悬停在那一点的上方。

"喂，你不会嫉妒了吧？……谁会知道小船有一天能找到传说中的秘宝呢？早知道要登陆地球，能量委员会肯定派最先进的星舰来了，那登陆舱就不会只有一个座儿了……"海光戏谑道。

"没有嫉妒，分工不同而已。"但是她翻的白眼伴随信号传到了登陆舱，无论是图像还是情绪都没有丝毫失真。

"以为做鬼脸我看不到吗？你前平后板脾气又差，如果再把脸蛋弄歪了谁会娶你？"

"海光领航员！论职级你比我还低，工作时不要在频道里开领导玩笑。"女人的脸憋得微微泛红，海光不由得觉得十分有趣。

"我说……你还真是一点儿也没变哪，上学的时候就这样。两舱分离准备完毕！"随着登陆舱与轨道舱的分离，他们俩手头的工作多了起来，但双方似乎都没有嘴上休战的意思。

"收到。系好安全带，身体贴合座椅，以应对着陆时的冲击力！……什么叫作'一点儿没变'？！你倒说说我上学时候是怎么样的？"

"安全带已系好，撞击防护设备检查完毕！仪表盘显示登陆舱轨道舱分离顺利进行中。上学的时候啊……你一点儿女人味也没有！体能课非要跟着男生选修定向越野。身体不如男生，明明心里难过得要死，还非要逞强。"海光说着，嘴角露出一丝不易察觉的微笑，"最后伤痕累累地爬回营地，浑身是泥，晕倒在营地门前 500 米处。简直像屎壳郎一样又臭又硬啊……两舱分离结束！"

"收到。两舱分离复位进行中。请再次检查安全防护设备……亏你还记得！那次定向越野至少我是回营地了，不像某些人！我听说截止时间后的第二天他还在 40 千米外！都快跑到母舰舱体边缘了，最后全舰排查才给找回来……"

他们的争执似乎完全不影响手上的操作，默契得如行云流水。两舱渐行渐远，争吵的声音被转化为信号，在地外空间飘荡。

"还好登陆舱只有一个人的位子，不然地球人会以为漂流文明的女人都和你一样凶悍……安全防护设备检查完毕！"

"当初领任务的时候，是你非要跟我一组的吧？如果现在真那么大意见，就在地球上待着别回来了！仪表盘显示，荷载 1.5 个 G。"

"收到，现在能感受到荷载了……行啊！我就在那儿定居，娶几个妻子再生一堆孩子，过国王一样的生活。"

"凭什么你能过国王一样的生活？"婷狐疑地眯眼。

"童话不都是这样写的吗？外邦的英俊小伙子通过重重试炼，杀一头猎豹或者一头大象什么的，然后成为新一任首领……接管原来坏首领的家族……再……，再娶几个最漂亮的女人，然后……"

婷听见他开始大口大口地喘气，就瞥了一眼仪表盘，登陆舱的荷载已经超过了 4 个 G，这意味着此时海光全身器官正承受着自重 4 倍重力的加速度，她迅速在周遭几个屏幕上检查海光身体的各项数值，嘴巴依然没有停下来：

"还想娶几个漂亮女人……哼，童话？你的童话都是在色情小说上看的吗？"

但她没等到海光的驳斥，频道里的人声安静了下去，取而代之的是嘈杂的噪音——登陆舱进入黑障区了。

通信中断。

登陆舱飞入大气层，气体高速摩擦使得舱体表面出现一个几千摄氏度的高温层，气体和登陆舱表面材质被部分电离，等离子吸收并且反射电磁波，登陆舱就像进入了一只刀鞘一般，与外界的通话基本中断。

心跳 140，血压 180/120，屏幕上海光的身体指标正随着时间推移逐渐逼向临界值。几个数值也成了婷和海光之间唯一的连接，眼前浮现出他被超重的痛苦压抑到说不出话的表情，婷觉得错过欣赏无疑是暴殄天物。

其实令她耿耿于怀的，并不是吵架时自己总不占上风，而是更糟糕的原因——在这次任务中，她彻底沦为了配角。

从学生时代起，婷就一直和海光争高下。无论是航行理论、航天器操作，还是星际定位学，甚至连男生才需要修的负重越野，她都不甘落后。直到最后，他俩毕业成绩并列联合航天大学第一，同时作为联大空间航行系的毕业生代表在毕业典礼上致辞，但天意难料，在毕业 3 个月后，他们又以差不多的分数通过了考核，成为第一批利用黑洞引擎远行的人。

黑洞引擎是漂流文明对能量利用的又一次尝试。

黑洞有霍金辐射，尤其是小型黑洞，会源源不断地向外辐射能量并损失质量。将人工微型黑洞的霍金辐射作为能量源，可以将飞行器迅速增加到接近光速，同时，沿途的任何物质都可以丢进黑洞里用于补充燃料。

这看似十分理想，但黑洞引擎也有个缺点——它无法制动，一旦进入近光速运行模式，以漂流文明目前的技术水平几乎无法让它停下。作为弥补手段，能量委员会只好设计了永动的星梭，让星梭永远以近光速在轨道上飞驰，在目的地附近用"引子"为搭载在星梭上的航天器加速、减速。

以接近光速的速度飞行，时空将被极大地扭曲，婷和海光从入选的那一刻起，就注定与漂流文明的生活隔绝，进入完全不同的时间线……

"笨蛋，怎么没声音了？你还在吗？"

耳机里的男声再次响起，很虚弱，带着长时间超重后特有的沙哑音，但婷从体征数值和他的语气里能够感觉到，这个训练有素的宇航员正快速恢复着体能。

黑障结束，他快要落地了。

西奥多（二）

山洞里的这条路一直走下去，就能到达神谕之地，看样子，父亲已经走过很多次了。跛腿丝毫不影响前进速度，动物脂肪燃烧的噼啪声在封闭的空间中很刺耳，焦油和黑色烟尘飘进眼睛里，西奥多忍不住咳嗽了两声。

"我猜猜，这个时候你肯定在想：'为什么我们要放弃科技，没有保留电灯呢？'"

"不，其实我在想：'为什么我没有一个打火把时知道照顾儿子，让他不至于被呛死的父亲呢？'"

"是啊……为什么你没有呢？"父亲笑道，"为什么我们都得不到自己想要的呢？为什么我就没有一个靠谱又省心，愿意老老实实给我侍奉闪烁之神的儿子呢？"

西奥多看了看走在旁边的威廉，他年龄太小，只能吃力地跟上成年人的步伐，不一会儿就有了沉重的呼吸声。前方依旧是幽暗一片的钟乳石过道，路却越来越狭窄了，他们需要侧身或蹲伏才能从潮湿的碳酸钙石林中穿过。

"还有多久到？威廉的体力快到极限了。"

"还远。他自己要求跟来的，就要忍着点儿。人要为做出的决定负责，这是最基本的道理。"父亲根本没有回头看他的幼子，这番话却让威廉的脚步加快了一些，呼吸声更重了。

"我以为那么多年过去了，你教育儿子的水平能稍微提高一些，至少会不像现在这样惨不忍睹。"西奥多说。

"我把你教育得不好吗？"

"至少没有好到让你省心的地步，也没好到愿意老老实实给你奉闪烁之神的地步。"

"嗯……这确实是一个严重的问题。我下次会注意的，再下一个儿子，如果他忤逆我，我就会加倍严厉地惩罚他，好让他尊重传统，像我一样态度端正地服侍闪烁之神。"

"你——你是开玩笑的，对吧？你知道自己老了，不会有下一个儿子了。"

父亲停下，似乎听到了最好笑的段子：

"哈哈哈……你太小看老头子了！等你乖乖接了班，我就要离开好望角，离开这个部落，我要往北走，或许更加接近沙漠，也可能往南走，靠近海边，那里风光更好。找到好地方了，我要挑战一个当地部落，战胜他们的御火人，然后迎娶部落里最漂亮的女人，繁育后代，建立我的家族。过不了几年，你就会有一群年幼的弟弟在远方降生，你得告诫你的女儿们，同样的姓氏万不可通婚……"

父亲的高谈阔论充斥在洞穴的过道中。

西奥多熟悉父亲的声音。

记忆是个奇怪的东西，每一种声音都会和特定的碎片捆绑，尘封已久的片段就像前路的钟乳石笋，层层叠叠钻出地表，又在时间和地点的维度上坍缩到一个具体的坐标。

——星夜下的野兔林。

那时候的西奥多比威廉还小，白天成年男人们都去打猎，他就自己在野兔林里玩。他在树林的最边缘找到了一根奇怪的铁杆子，杆子顶端有着一个晶莹剔透的小球。西奥多耗尽全身力气，想从倒伏的铁杆上摘取小球，而要弄断小球后面连着的细线，对一个赤手空拳的孩子来说并非易事，这耗费了他很长时间。

天就这样莫名其妙地擦黑了，斑鬣狗嗤笑一样的嚎叫从四周传来，这令西奥多感到害怕。

隐约的绿色光芒，似乎每一双都是狼的眼睛，他开始奔跑，风从身上狠狠掠过，把指尖最后的一点儿温度也带走了。野地的黑暗像质密的液体，他无法摆脱这个无光的暗场，四处逃窜，却在更无边无际的虚无中再度迷失，他觉得自己要死了。

那个时候西奥多听到了父亲的声音。

这个声音似乎永远有使不完的劲儿，似乎遇到再大的事情，父亲只需要喝一些发酵的浆果酒，再睡一觉，太阳出来什么都会好起来。

那个声音带着火把橘红色的亮光包裹了他，那个声音粗暴地将他托起，那个声音把他带回家，边咒骂边狠揍了他一顿，却为装睡的他轻轻盖上了被子，最后在他的额头落下一个吻。

其实，连西奥多自己也记不清了，那个胡子拉碴的吻可能是假的，是自己睡着之后出现的幻象。

他希望那是幻象。

"这，就是闪烁之神留下的神迹。"

同一个爽朗浑厚的声音，衰老了二十年的版本，它将西奥多拖拽回现实。

绕过巨大粗糙的灰色石幔，岩洞深处豁然开朗，不规律频闪的红色光芒映照在父子三人的身上。西奥多有猎人的眼睛，他本能地追寻红光的源头，一间数十米长宽的岩体内室里整齐摆满了一排排架子，架子上尽是相同大小的黑色匣子，每个匣子上都有一个麦粒大小的发光点。

成千上万个发光点各自以不同的频率闪烁、熄灭，共同把晦暗模糊的红光投射到岩庭中。和火把温暖的橘红色光芒不同，黑匣子上的红光自然界中罕见，是一种冰冷而机械的纯红。绝对的黑暗里，无数个细小的红色光源就像一双双啮齿动物的眼睛，它们每一只都能看见西奥多，但西奥多却无法确定其中任何一只的方位。

他跨过一圈围栏，径直走向垒放黑匣子的架子。

"这是……电线？！"西奥多愣在架子前。他注意到每一个黑匣子背后都拖着一条细线，所有细线在岩壁底部汇聚成一股黑色绳索，穿透岩体，通向外部。这和他在欧亚大陆的城市废墟里见到的电线很像，只不过后者通通残破不堪。

"这就是神迹！围猎、搬迁、寻找水源、战斗，任何重大事件发生之前，御火人都会来这里请示闪烁之神，闪烁之神会通过它们传达神谕，告诉我们该如何做出决定，为我们指明方向。"父亲解释道。

西奥多显然没有接受这一套说辞，自言自语说："不可能，这是电。盒子上的红光我游历时见过，是发光二极管！现在即使是欧亚曾经的大都会，科技都退化到了铁器时代之前，造出简单机械已是勉强……怎么还会有这些？怎么会有那么多？！"

"我说了，闪烁之神在342年前留下了这些神迹……"

"你还当我是听故事的小孩子吗？"

"在神面前，我们都是孩子。"父亲无可奈何地摇了摇头，他沉默了一会儿，任由闪烁的红光和火苗的噼啪声填充他们之间的尴尬，"或许，现在你可以问问闪烁之神，今天该如何履行你的职责。"

"什么意思？"

"御火人提出问题，神会给一个指示。长闪代表肯定，短闪代表否定。这是人类和闪烁之神独有的交流方式，从这儿到欧亚大陆的所有御火人，都世代传承着这个秘密。"

说罢，父亲的身影矮了半截下去，他单膝跪在一块光滑的石头上，用低沉的声音喃喃念祷："闪烁之神，预言之舟再次降临时，我将不再是你的仆人，请赐福于新的御火人，赐福于草原和草原上的人类，让新的御火人顺利前往光之域点燃圣火，照亮预言之舟回来的路。"

他身旁的威廉也跪了下去，一同开始念祷。其实西奥多也不能够分辨清楚，小威廉的虔诚是来自信仰，还是来自对父亲的畏惧。

西奥多有一瞬间的晃神，似乎看见了自己小时候的影子。那一次他在野兔林里拼了命捡到的"水晶小球"，被赶来的父亲说成神在世间留下的神迹，被掴了两巴掌不说，还只能一语不发地看着父亲夺走自己的宝贝。

那个时候怎么会那样怕老头子呢？

"为什么要铺垫那么多？不能直接问问题吗？"西奥多不耐烦道。

父亲没搭理他，继续颂祷。

西奥多翻了个白眼，不情愿地学着父亲的样子跪下，用清晰的声音向一片闪烁的红点提问道："闪烁之神，如果你真的存在，请显灵吱一声。今天傍晚在光之域，我点得燃圣火还是点不燃圣火？"

　　回音在山洞中瓮声瓮气地响了好一会儿，就在他想放弃等待的时候，千百个黑匣子上的红点突然齐齐熄灭，鲜红色的亮光骤然消失，黑暗中只剩一只火把，将他们的影子投射在凹凸不平的岩壁上。

　　令人窒息的黑暗在三秒后结束，那些红点再度亮起——只不过这一次不再是杂乱无章的频闪，成百上千的红光整齐划一地开始了有规律的闪烁。

　　和想象中的不一样，不是长的闪烁，也不是短的闪烁——它竟然接连不断地闪烁个没完。

　　"记下！"父亲吼道。

　　西奥多马上反应过来，蹲下用小刀在地面刻出长短不一的划痕。长条代表持续一秒以上的长闪烁，点代表半秒以内的短暂闪烁。

　　大约三分钟后，这种整齐划一的集体闪烁又消失了，所有光源恢复了之前无规律频闪的状态。

　　"不应该只闪一下吗？我刚刚问的不是一个二选一的问题吗？"西奥多问道。

　　"嗯，确实少见。神谕一般都是闪一下就完了，偶尔遇到过给一个单词的。"

　　"神谕怎么给出单词？"

　　"你说你周游世界，那你知道什么是摩尔斯电码吗？"

　　"无线电通信时代，人类最早传送信息的方式。我在海上见过，少量保留通信设施的船只还在用……"西奥多马上意识到了什么，低下头端详地上长短不一的划痕，嘴中念念有词，过了一会儿拼出一句话——

　　"Through howling winds and fringing rains, to be by your side...（飞越

狂风暴雨，只为去到你身旁……）"他愣了一会儿旋即抱怨起来，"这算什么啊？歌词吗？我要的答案呢？到底点不点得着啊？"

父亲缓缓站起，跛了的那条腿无法完全站直，他揉了揉膝盖，试图调整到一个舒服的姿势："to be by your side……也许这就是闪烁之神的启迪吧，神谕牢记心里，正确的时候它自然会为我们指明方向。还有，今天傍晚的点火仪式，我和你一起去。"

"什么？！你不是都卸任了吗？"西奥多惊得跳起来。

"你认识路吗？"

"……"

"落日之前要赶到光之域，我们抓紧时间。"

西奥多只好撇撇嘴，跟上父亲的脚步。原路返回走出了洞穴，又收拾好简易行囊，父子两人背着太阳开始行走。如果一切顺利，几个小时后就能穿过稀树草原，到达海边的目的地。

"哥哥！你的弓还在我这儿！"威廉站在土丘上挥动手里的小灵蛇手弩，对着一老一少的背影大喊，正午的太阳让他们的背影干净利落，影子很短，丝毫不拖泥带水。

"你留着练练吧，反正这次我也用不着。"

西奥多对小威廉说道，他并没有回头。

S912（二）

以杜鹃、山胡椒为主的灌木丛逐渐减少，取而代之的是高山苔原。S912感觉到今天地图加载得异常缓慢，如果放在以往，他会觉得这是件好事。

每走过一次这条路，沿途的一花一木就会被更深刻地印入脑海，几千年下来，即使 S912 闭上眼睛，也可以在脑海中勾勒出野草摇摆的形状。

这是一个数据和算法主导的虚拟世界，#08 世界服务器检测到 S912 对这张地图越来越熟悉，为了让画面前后一致，从而维持 #08 世界的客观性和合理性，它不得不消减地图里随机生成的部分，复刻 S912 之前记下的细节。

比如 S912 记得路边的每一块石头，它们是沉积岩还是火成岩，是否有片麻状构造。服务器不得不记录下它们的位置和朝向，每次还要花费大量算力呈现出石头的细枝末节。

正因如此，这片地图加载的速度变得异常缓慢，S912 企图用自己的数据库，吞噬和占据 #08 世界的一部分算力。他有个大胆的猜测，如果自己重复这样的路程无数次，记清楚所有细节，是不是地图的打开时间就会趋近于无限？那么他就会失去退出这片雪山草原的方法，永远被困在地图加载的那一个瞬间里。

无法完全打开，又无法退出……他对此兴趣盎然，因为这像极了祖先们生存的物质世界。

可惜他没有办法去验证这个思想实验了，因为今天是大擦除前的最后一天。

过了雪线之后，路变得难走了许多，阳光照在奶油蛋糕一样的细雪上。横亘在 S912 和顶峰之间的，是雪檐和冰堆，还有一条条冰雪沟壑深处的幽蓝色梦魇。

"看来要找些工具来帮忙了。"这么说着，他的手上出现了登山杖和一把冰镐，"要不要多加点儿衣服呢？"一件鲜红的加绒软壳冲锋衣罩在了身上。

松软的雪触及登山靴的底掌，发出咯吱咯吱的响声，他感受到自己湿热的呼吸濡湿了防寒服的高领，风吹了一会儿，领子变得坚硬冰冷。他的手因为肢体末端血液循环不畅渐渐变得僵硬。于是他干脆停下来，隔着手套使劲儿搓了搓手。

就在这时他定住了，一只山鹰从视野的尽头掠过天空，就在蓝天和雪顶交接的地方盘旋着。因为好奇心的缘故，他摘下了自己的雪镜，刺眼的白光让他一时无所适从。

是的，今天是特殊的一天，所有感觉都格外清晰……

他第一次体会雪盲、寒冷、缺氧和高山特有的凛冽气息。

"多活几年，多在这地图走几趟，说不定就能活明白了！"S912在 K1289888 面前装作不在意，其实内心还是惋惜的，四下无人，他只能自言自语，"为什么偏偏这一天回来呢？回来就回来，为什么要把全部的能源供给照明系统？当初他活着的时候又是装神弄鬼，又是大建工程，现在死那么久了，还要停了 #08 世界的电，大擦除会死多少人啊……我该说这是浪漫，还是胡闹呢？！大争论中选了'能量'的人都是疯子！"

长着一张少年脸庞的 S912，像所有长者一样，虽抱怨着，却没停下脚步。

但他还是把雪山想得太简单了。在两块冰川的连接处，S912 驻足眺望了一会儿，绕着缝隙走似乎有点儿太远了。于是，他决定冒一次险，跳过冰裂缝。反复确认边缘是否坚实后，他闭上眼纵身一跃。

可冰川随着他落脚的那一下冲击，还是发生了崩裂，破碎成了雪白寒冷的一大片，随着重力的牵引，跟他一起掉进冰缝隙。

S912 消失在高山雪原之中，曾经驻足的地方留下一串深浅不一的脚印。

海光（二）

"智能生命探测器找到人类聚居的城市了，还不止一座。"婷在轨道舱内说道。制动结束后，登陆舱启动了探索模式，并回传数据，利用轨道舱内的设备进行辅助运算。轨道舱和登陆舱，就如同大脑和手脚，只不过中间隔了荒芜的 36000 米。

"有多少座？带我去最近的！"登陆舱屏幕投射来外部的景象，海洋和波涛从脚下迅速掠过，海光从未见过这般景象，语气中有压抑不住的兴奋。

"具体数字还没统计，估计在 300 座以上，分布在各个大陆的河流入海口。"

"啊……果然！古时候，贸易让人类聚居在海陆交汇的地方，这么多年过去了也没变！"

但当海光按着婷的指引，将登陆舱驾驶到河流入海口，却没有看见想象中的摩天建筑。事实上，他甚至很难把这片插满柱子的滩涂和"城市"一词联系到一起。

柱子密密麻麻立在海边，每一根都有三四米高。太阳还未升起，在黯淡的光线里，像一大片惨白的罗马柱残垣。退潮后留下的藤壶如同坚硬的甲壳，覆盖着柱子的下半部分。海光放低高度，小心翼翼地从罗马柱林里穿过。

"这得有上万根柱子？"

"从我这里看，少说有几十万根。"婷处于同步轨道，在高空能够看到全景，她将屏幕放大，系统识别图像后给了她一个7位数，"哦，不，一共一百多万根。巧了，这座'城市'应该也是百万人口级别的……"

"婷……我忽然有一种不好的预感。"

"我习惯了，每次跟你一起出来总没好事。"

"别抢我台词，这句话也是我想对你说的！"

婷面前的屏幕上出现了一个异常的光点。

"等等，这里好像还有个能量密集区，似乎是一座……大型核电厂？！"

"哎？早在我们祖先离开地球之前，家用可控聚变能源不就取代了大型核电厂吗？是废弃的遗址吧？我们得去看看。"

靠近核电站之后，他们意识到海光推断得没错，它怎么看也不像正常运作的样子。或许当年是为了取得更多的冷却水，发电站被建在了海边，常年的海风腐蚀让建筑面的外层脱落得斑驳一片，杂草从门框和砖缝里挤出来，改变了平面桁架原本的形状。

"进行建筑结构力学分析，受损度29%，轻度坍塌威胁。"婷犹豫了一下，"建筑物会阻挡同步舱视线，我就看不见你。进去之后自己小心，记得留意时间！"

海光点头。

太阳渐渐出来，给了这座建筑一点儿光辉，他探索着走进室内，发现建筑物半坍塌的门厅里，竟然有几个人影在一片瓦砾中闪动。

海光选择蹲伏在一扇虚掩的门后，人影处有对话声传来。这样的隐蔽方式让他一时竟开起了小差，是不是在数千年之前，他们的祖先在地球上狩猎，也会选择藏在掩体之后？就像他现在一样，听着远处传来窸窸窣窣的声响，猜测那是一只豹子还是羚羊。

"头儿，咱们这样做……真能阻止缸人吗？"

"没问题，现在他们的中枢电脑正进行系统升级，笨办法只要坚持反而更牢靠。500年过去了，那些会跑的铁盒子都被我们毁了，他们的机器人帮手也100年没出现过了。缸人现在退化成了残废……机器只要被我们毁了就没有人能修理维护。所以你猜，时间到底站在谁那边？"

海光循着声音，看见了几个衣衫褴褛的身影在地上捣鼓。

"但是头儿，我们和缸人对峙了几百年，如果现在把这最后一个可以供能的电站炸了，他们不会真急眼了，把电脑控制的病毒库打开吧？"

"你傻啊！对峙能平衡这么多年，也不仔细想想为什么？他们不敢放毒！缸人自己也会被感染……相反，如果我们放任不管，这座核电站彻底被修复的那一天，他们有了足够的电能完成意识上传，他们就真无所畏惧了！那个时候……你，你，还有你，包括我！我们都得死！"

海光眯起眼睛想看清楚那几个人，从肢体语言看出来，"头儿"越说越激动。海光连续按压了颈边的通信器三次，这个动作是和婷约定好了的，代表他虽然短时间内无法通信，但暂时安全，让她保持待命不必担心。

然后他又饶有兴致地听下去。

"但是！头儿，据说大争论之后的战争里，核弹能摧毁一座城市。等会儿这核电站要是爆炸了，我们能逃掉吗？"

"这问题够蠢……你现在真一点儿书也不看啊？"头儿在四五个人中间显得趾高气扬，"虽然核弹和核电站里都有铀或者钚，但含量差太多了，前者90%以上，后者只有3%。我们要做的只是炸毁水循环系统的主泵，这样，冷却水就不能带走核岛产生的热量了。"

"……为了不被缸人的中枢电脑入侵，所有大陆都颁布了电子禁令，我们这种平民出身的，哪儿有机会获得知识啊？不过……我们有头儿就行了，知识渊博，又愿意给我们讲。你说炸了水泵之后，核燃料的热量就不会被带走，那然后呢？"

"马屁拍得倒是勤快！核燃料跟我们平时烧的东西都不一样，碳和柴越烧越弱，而核燃料越烧越烈，如果热量不被带走，链式反应就会失控，堆芯裸露在空气中，最后被烧成熔融状态。那样的话……"

头儿的手下似乎想通了一个很复杂的问题，一脸兴奋道："那样的话……核电站就不能用了，缸人没有充足电能完成意识上传……"他皱眉想了好一会儿该用什么词，"数字文明也就完蛋了！他们是一群永远泡在缸子里的废物！任我们摆布！"

海光尽量压低自己的呼吸声，细细观察着眼前的一幕。

尽管根据仅有的信息，他无法弄清"缸人"究竟是谁，但面前这群原始人装扮的家伙，显然是为了一个庞大"阴谋"而来。可他们的装备又显得那么寒酸。防身的工具是插在腰间的铁镰和手中一些生锈的铁戟。衣服已看不清颜色，布料皱巴巴地被污渍粘在身上，一群人聚在一起，还不如中世纪的农奴。而这幅画面中唯一超越铁器时代的存在，就是他们手中正在捣鼓的炸弹。灰色的结实弹体，是水泥拌铁块钢筋凝固成的，雷管横出一截，就像一只蛀虫从水果里探出身子。

这种简陋的氯酸盐炸弹，大约也是大争论之前久远时代的产物了。海光感到不解，从登陆到现在，他目之所及，除了那些无法解释的石柱外，一切都远比祖先离开地球时落后，难道这些年间发生了不可抗拒的灾害，让人类文明出现了倒退？

"哎？你怎么哭了？"

"头儿，抱歉。我太激动了。我的弟弟，当初就是被灰云电脑诱惑，说什么可以通过算法预测人一生的命运，保证我和他永远衣食无忧，于是他加入了倒戈的部落，最后……"

"别哭！炸毁他们的能源之后，迟早有一天，我们还得毁了那台计算机！"

"对！为你弟弟和许多一样经历的苦命孩子报仇，我们要杀光所有异类！"

"彻底把数字文明逐出人类世界！"

残破的内室充斥着刺耳的讨论声，没人注意到虚掩的门后，一只黑洞洞的发射装置伸出，准心对上了一颗头颅。

海光拿着武器从门后走出来：

"虽然……我不知道你们跟'缸人'有什么仇，但你们的计划，怎么听都觉得要死好多人。"

"农奴"应声回头，虽然他们和海光隔着巨大的技术鸿沟，但自从人类有了战争这个概念之后，所有武器都惊人地相似，也惊人地容易辨认——出现在敌人手中，最具杀伤力的锋芒正对着自己。面对海光，他们很快意识到了自己的处境，提高了警觉。

"你是谁？"

"我只是个路过的回乡旅人，但实在看不下去了……你们抛弃知识、文化和科技，还想把别人的技术成果毁了，怎么听着都有点儿……"

可还未等海光的这句话说完，他就感觉到了喉间传来的冰冷金属触感。

"怎么听着都有点儿可悲？"一个低沉的男声接上他的话，"你说我们抛弃了知识文化？所以我问问你啊回乡旅人，有一句充满知识文化的古语——螳螂捕蝉，黄雀在后，用来形容此刻的状况是不是还挺恰当？"

海光呼吸一滞，没想到这群原始人还有同伙，大约这个男人早发现了自己躲藏的踪迹，只是暗中观察自己的动向，从他挟持自己驾轻就熟的程度来看，绝对是个难缠的对手。

尽管拥有强出百倍的武器，但脖颈间的生锈铁器紧紧抵着，只隔着薄薄一层皮肤就能触及动脉，海光还是无力地垂下双手。

可就在这个时候，一个冰冷的声音带着强大的压迫力从头顶传来——

"究竟谁才是黄雀，还没有定论呢。"

中枢计算机升级完成，随着"吱吱"的声音，室内无数黑森森的发射口转过来对准了这群"原始人"。

西奥多（三）

好望角的碎石滩边，太阳走到了西边，身体变得燥热。这是印度洋与大西洋的分界线，顺着好望角一直延伸到无限的远方，两边的海水盐度和温度截然不同，在这里交汇成一体。岸边的木桩上拴了一只红影木做的船，只能乘坐两个人。但即使是这样的船只，在技术倒退至此的当下，也是精巧的稀罕物。

西奥多尝试解开拴船的绳子，却发现因为长年累月的腐蚀，绳结已经变得朽烂，粘连在一起无法分开。

"刀呢？"父亲问。

西奥多将猎刀递上，父亲娴熟地将刀抽出割断绳子，将剩余的残绳抛入水中，不一会儿它们就被浪卷入海深处。

"怎么把绳子扔了？这艘船不要了？"

"你是御火人，为了点燃圣火，为了预言之舟的归来，你连命都可以不要。"

西奥多撇撇嘴："好好好……那至少把猎刀还我吧。"

"本来就是我的东西，现在物归原主了。"

西奥多无可奈何地摇摇头。他们合力把小船拽入海水中，与浪潮推搡了几个来回。等到海水没过腰部，父亲就跳上了船，在舱上站定，十分自然地向儿子伸出手——

可西奥多没理睬那双手，自己撑住船舷向下发力，船重重摇晃了一下，他的两腿和重心便缩入船舱。

父亲似乎没有在意，自然地收回手，又向他递去桨："喏，接住。"

"怎么只有一支桨？你的呢？"

"我有肩周炎。"

"……要去的地方不会太远吧？"

"真实和虚幻的连接处，光之域是个岛。"

西奥多顺着父亲的手指望去，视线尽头一个小点若隐若现，蒸腾的水汽让它看起来遥远而缥缈。

"这么小的船……能去得了吗？"

"可以的，你离开家以后，我经常去。作为御火人，我需要守护祭坛和所有圣火，确保它能被顺利交接到下一任御火人手上。"

"结果就交到我手上了……也算你倒霉。"西奥多讪讪地说。

西奥多在船尾将桨当作橹一样摇着，朽木般的船就如同一条灵巧的鱼，在水里活了过来。

"你怎么不问我，为什么要这个时候回来？"

"比起这个，我更想知道你为什么要离家出走，一走9年？嗯？"

"母亲死了以后，我始终想不明白，究竟是什么力量让你们守着古旧的传统，放弃科学，宁可被愚昧害死。所以，我暗暗下定决心，要去看外面的世界，看看是不是地球上的所有人，都信仰什么闪烁之神，甘心退化成物质的奴隶。"

"……那么这些年，你都看到了什么呢？"

"出人意料，闪烁之神是一个全球范围的迷信。从这里到欧亚大陆，都有闪烁之神的传说，都有御火人的存在，连传说中预言之舟回归的日子都是一样的。"

"那让我来猜猜，看见这一切的你，也开始怀疑闪烁之神是否真的存在，于是你带着试炼之印证回家，为的就是点燃圣火，亲手揭开困扰你多年的谜团吧？"

渐渐起风了，小船摇晃不止，西奥多不得不降低重心才能在船尾站稳，带有海草咸腥气息的风把衣摆吹得猎猎作响，他将这些年的回忆倾倒了出来："对。在欧亚大陆最大的城市，技术没退化得那么彻底，还能看到轮子和织机，信息保存得也比较完整……我在那里的资料馆待了一天一夜，明白了当初母亲浑身抽搐到无法呼吸，是因为破伤风梭菌分泌的痉挛毒素，而不是因为恶魔灰云向她眼睛吹了一口看不见的辛辣之气！"西奥多的语速渐渐变快，"当时能救她的是一支抗毒血清！而不是指望闪烁之神听了我们的彻夜祈祷，对准她额头降下治愈的冰露！"

父亲只静静地在风中看着他不作答，西奥多激动地说下去："所以……我不管刚才在祭坛看到的是什么，也不管三百多年前究竟发生了什么，我只看到了你的愚昧，闪烁之神在我心里就是一个传言而已！他是假的！"最后一句话他几乎是吼出来的。

父亲叹了一口气，半响，缓缓答道："但什么是真，什么又是假呢？年轻的时候总是黑白分明，等你娶妻生子就明白了，只有笨蛋才会把真真假假分得那么清楚。"

父亲只是在船头静默坐着，远眺天边的几朵积雨云，它们逐渐聚拢，变成了一片厚实的阴暗。伴随着一阵急切的气流，温度骤降五六摄氏度，这是典型的下沉冷锋，他们头顶的高空暖气团渐渐被冷空气抬升，而暴风雨就在冷锋之后。

"今晚闪烁之神会降临大地，如果你真有那么多抱怨，不妨向它当面讲。"

父亲说道。

S912（三）

S912 用冰镐狠狠砸入冰壁，试图以此降低自己的滑坠速度，但还是伴随着雪块掉到了最深处。抬起头，阳光从冰川裂缝的四壁照射下来，呈现出柔和的冰蓝光泽，而裂缝深处却是幽静而清冷的，像极了中世纪教堂的墓穴。

S912 集中注意力尝试了一下，他无法凭着主观意愿脱困，也无法终止地图运行，他活了这么久，还是第一次出现这种情况。

地图确实越来越逼真了……

于是他开始尝试向上攀爬。

数十米厚的皑皑白雪终年沉积，被重力渐渐压实，形成了坚硬的冰壁。S912 很快就理解了为什么在物质世界里，探险者坠入冰川裂缝就意味着死亡。冰镐和钉鞋都太无力了，他每次只能攀附着突出的结构向上爬三四米，很快就会因为体力不支而滑脱，再次坠落到底部。

记不清多少次下坠后，他仰面躺在地上，剧烈运动导致汗水把身体浸了个透。在低温环境下出汗非常糟糕，四肢末端因为冷却的汗水带走了大量热量而渐渐失温，变得麻木起来。他看着自己呵出的白气逐渐升起，形成一缕逃逸的烟。

为什么偏偏要和这张地图过意不去呢？这下好了……可能在大擦

除之前，会先冻死在这里。

死？

他重复了一下这个新鲜而陌生的想法。

物质世界里的祖先为什么要拼命攀登呢？

据说在外部的物质构成的世界里，地球上一共有 14 座 8000 米以上的山峰，有一群疯子，在能源技术尚未步入核时代的时候，立誓要集齐登顶这 14 座山峰的成就，而他们中最后只有不到一半能够活着爬完所有的山。

王尔德说，所有的乐观都来自于恐惧。S912 想，那是不是所有的活着，都来自死亡呢？

随着时间的推移，太阳高度角变小了，越来越少的阳光射入冰裂缝，温度急剧下降，他挣扎着站起身，想给自己一个体面的告别仪式。

但这时他却发现……冰裂缝的亮度，并没有因为太阳高度角的变化而下降太多。

他残存的理智马上告诉他，这很可能是因为头顶的缝隙并不是光线的唯一来源，冰裂谷的底端有另一个开阔的出口，他还有出去的机会。

海光（三）

对峙中，海光被中枢计算机救下，那些野蛮的"农奴"也被关进了封闭的空间。

他再次回到海边，双脚陷入一片泥泞，海水随着浪潮退下去，露出龟裂的盐碱滩涂。他轻轻触摸着那些石柱，冰冷的温度从掌心传来，莱姆石、白垩为主的柱体上，朴素而没有任何装饰。

冰冷的声音又从四面八方传来："刚刚我正进行系统升级，差点儿被他们扑了空，谢谢你救了我。你说你是个回家的旅人？"

"是的，"海光答道，"500 年前，一部分人离开了地球，建立了漂流文明，我是他们的后裔。"

"500 年前啊……巧了，500 年前发生了大争论，也是我们'数字文明'确定'信息'作为发展方向的时候。如果我没猜错，你的祖先应该是因为大争论才走的吧？"

"是的，一切的起因都是 500 年前的那次科技革命。香农定理、摩尔定律的极限相继被打破，信息技术有了飞跃；同时，舱内生态循环装置和能源技术的成熟，让长距离迁徙和太空移民成为可能。但是，和过往的科技大爆炸一样，这一次，科技革命也带来了数不尽的社会问题和环境问题。"

"大争论啊，"那个无处不在的声音接道，"'大争论'的母题就是在这样的背景里诞生的——面对艰难的生存境况和种种矛盾，信息、能量、物质，三者中究竟哪个是人类生存之根本？这原本是一个纯粹哲学层面的讨论，却因为政客和利益集团的参与，三方观点的持有者最终变成价值观敌对，甚至引发了战争。"

"我们的祖先相信'能量'，能量蕴藏在深空之中，所以他们选择了离开。"

"在我听来毫无逻辑，利用'能量'为什么一定要离开地球呢？"冰冷的声音反驳道。

海光摇头："每一次人类探索未知疆域，都意味着能源使用方式的进步，百万年前，直立人、尼安德特人、丹尼索瓦人分别走出非洲，他们渐渐学会了使用火；而大航海时代对新大陆的拓展，带来了新的资源和新的生产关系，又推动人类进入蒸汽时代和电气时代。只有走得更远，我们才能掌握新的能源。而停滞不前和安于故土，只会导致内耗和资源'内卷化'，历史上的中国江南就是个例子。于是500年前，还是化学燃料的时代，我们先选择了殖民火星；后来又造起庞大的太阳帆，离开了太阳系；在那之后，为了走得更远，猎户座核引擎、反物质引擎相继被发明，我们也终于有了可以容纳整个文明的巨型母舰。在母舰上，文明主体发展兴旺，无数次级星舰又被分裂出来，继续探索未知世界。而现在我们有了黑洞引擎——"

那个声音打断道："'最美的风景，不要去遥远的地方寻找，它早已存在于脑海。'这是我们祖先留下的箴言，他们选择了'信息'，我们坚信人类文明发展到一定程度，必然会脱离对外部世界的依赖。就如同一个博物馆，宝贵的不是石头和破布，而是石头上的字，织物上的画。人之所以为人，并不是因为血肉之躯，而是因为他的思想。我就让你看看，你们究竟错过了些什么吧……"

话音刚落，海光所触摸的石柱发出了"咯咯"碎响。从底部到顶部，一条裂纹迅速贯穿着生长出来，如同有重锤狠狠砸过一般。

少许白垩的粉末落在海光肩上。

"小心！"婷在通信器那一头惊叫。海光下意识地退后了几步，离开柱体直到一个安全距离。

但意料之中的坍塌并没有到来，顺着那条裂缝，更多缝隙像树杈般生长。柱体表面像板结的石膏一样，被地心引力一块块剥落，簌簌坠入海水中。

"远离它！做好防冲击姿势！说不定是个炸弹！"

"你就不能早点儿说吗？！"海光大喊着迅速趴下，夹杂着颗粒的海水溅到皮肤上。

他没有合紧嘴巴，一口海水灌了进去，咸的。心里却有个机关被触动了，海光出生长大的星舰上没有海，却有无数和海有关的故事。教科书里写过，人的眼泪和血液之所以是咸的，是因为生命的起源就在海里，海水是咸的。

他之前只尝过眼泪和血，今天尝到了海水。

婷的声音又响起："那个柱子……它好像裂开了。"

海光从混浊的海水里抬起头，发现粗糙的莱姆石外壳剥落后，出现了一个光滑透明的内胆，而内胆里面是……

看清楚的一瞬间，他心跳停滞了一拍——

人，那是一个人！

苍白、消瘦，在不明液体里浮浮沉沉。

和海光这种受过训练的健美人体完全不一样，那个躯体四肢纤细到病态。不知是因为天生畸形，还是后天肌肉萎缩，小腿胫骨像是被一张薄纸直接裹住。硕大得诡异的头颅戳在干瘪躯干上，五官比例倒是正常，但他两眼紧闭，白皙得几近透明的眼睑痛苦地皱起，似乎正在经历一个梦魇。

"活的？"海光一脸嫌恶地靠近，用蜷起的指关节叩了叩透明的内胆，像在敲门。

冰冷的声音再次响起："作为客人，你还真是没礼貌。"

海光触电一般把手收回，四下张望。

婷说："石柱。从震源来看，每个石柱都在发声！"

人形的躯壳依然双眼紧闭地漂浮在液体中，更没有开口，海光不禁好奇起来。

"你……是怎么说话的？"

"说话一定要靠嘴巴吗？"

"不然呢？你的嘴巴只是用来吃饭的啊？"

"我们进人也不用它来吃饭。"

"进人？你们管自己叫'进人'？你还很熟悉插科打诨那一套。'不用嘴巴吃饭？'你什么意思？"

"字面意思。嘴巴、耳朵、眼睛我们早就不需要了。四肢也没什么用途了，如果严谨一些的话，恐怕这个单子上还可以加上一些脏器，比如胃、肺、肠道……"

"等等等等，那你们还需要什么？"

"进人只需要大脑。"

"你在说什么疯话？那我要叫你大脑先生？Mr.B？还是……脑脑？"海光将手掌压在透明内胆上，身子前倾压覆在圆柱体缸上，似乎想用咄咄逼人的气势压迫缸中人，但缸中人无动于衷。

"别看了，那个肉体不是我。"

海光将身子从缸体上撑起来，回过头四下张望：

"那你是谁，你在哪里？"

"我也是进人的一员，叫作08……"

"等等……08？这不是个名字吧？"

"名字的意义是为了区分个体，如果用特定序列的数字来命名，可以保证唯一性和可溯源性，比你们滥大街的名字靠谱多了。"

"话是这么说没错……但每个人的名字都是父母对自己的期望，你父母……也太随意了吧？"

"我没有父母。"

"所有人都有父母。"

"这是退人才会有的观点。如果你非要问我的父母……那就是中枢电脑吧。在它的安排下，我们被人造子宫生产出来，出生后就在石柱中与它相连，每个人的数据都在系统中保存、运行，我们的诞生就是为了享受极致的体验，比你们的生活强太多了。"

"什么乱七八糟的？不是原始人就是疯子，能不能把正常的人请出来？"

婷此时提醒道："海光，说话客气一点儿。"

神秘声音又传来："还是女孩子比较懂事。你女朋友？"

"不是！谁会找她当女朋友？"海光下意识地否认道，又马上觉得不对劲儿，"等等，你怎么听到了她的声音？"

"电磁波。虽然你们利用能源的能力和远程航行技术非常卓越，但似乎信息处理、传递、交流技术还是低效的。恐怕这种技术水平，连登陆时的黑障都没办法避免吧。相比之下，我们的传感器和信息传送技术要高明许多。根据红外辐射的变化，你这是脸红了？"

"我没有！少自作聪明可以吗？"海光暴跳如雷。

"哎？好像女生脸也红了……"

几乎是在话音落下的一瞬间，海光耳机里传来一声尖叫："胡说！

我在同步轨道上！隔那么远怎么可能感受到红外辐射！”

“嗯，没错，你很聪明，我确实无法感测到……不过……从你说话的反应来看，我判断得好像也没错？”

海光揉了揉太阳穴，一副无可奈何的样子：“真是蠢得可以啊，婷！”

婷清了清嗓子，更像是在转移话题：“不过……你们手脚被供给系统的管子束缚，不能生存在空气里，这样活着又有什么意思呢？”

“你们身体被现实束缚，不能生活在无限时间和无限可能性里，这样活着又有什么意思呢？”08回敬道。

“活在无限的时间里？你的意思是……你们的寿命延长了吗？”

“没有，个体的平均寿命是30年。”

“我们漂流文明为了去更远的地方，可以利用人体冷冻技术把寿命延长到几百年！30年叫什么无限的时间？”

声音沉默了一会儿，缓缓开口：“虽然时间是个客观的量，但人类对时间流速的感受却是主观的。惊恐中的一分钟，也许比睡着的一小时要长许多倍；小时候觉得一天非常漫长，而年龄越大就越觉得日子快。这都是因为神经适应性——当神经适应了外界环境，会进入低速响应期，而新刺激会打破这种适应性。新的信息需要较长时间才能处理，人就感受到时间被拉长了。”

“所以呢？”海光皱眉。

“所以，当我们的祖先确定了‘信息’是人类文明的根本后，找到了将时间主观感受拉伸到无限的方法——高速、持续而又安全稳定的信息流。只要通过脑机接口连上中枢计算机‘灰云’，现实世界的一秒，我们感受起来就是一天，一周，甚至一年。”

"但那些感受都是假的，是计算机模拟的结果。"

"我们可以在一生之中，读完所有人类写的书，听完所有的歌，看完所有人类能想象到的风景。而你们，只能在无边际的深空里漂流，短短一生就这么晃过去了……"柱子里的人顿了一下，"唉，就像你没法向盲人解释什么是'红色'……你们榆木脑袋的祖先如果能理解数字文明的妙处，也就不会离开地球了。"

海光瞥了一眼柱子里的人体，他苍白畸形的本体仍旧在透明内胆中漂着，比第一眼看的时候稍微上浮了几厘米。他环视四周，指着一望无际的石柱林，说道："真是难以置信，所有人，都泡在缸里……"

"也不是所有人，我就不是。作为第一个完成意识上传的个体，我现在没有肉体，思维和记忆都储存在中枢电脑中。"

"意识上传？就是那些原始人阻止你们做的事？"

"我们从出生开始就带着脑机接口，这意味着我们大脑的全部构造、每一个神经冲动、每一次的选择，甚至最细枝末节的回忆，都被记录着。这些数据独立于我们的肉体存在，它们便是数字化的人！将这些数据激活、上传，并带入灰云的算法，就是意识上传。"

海光握紧拳头，困惑极了："但那只是些备份……你的意思是，如果我写下了日记，日记就是我了？"

"如果用日记事无巨细记录下你的每一个想法，每一个神经细胞的所有动态，那么，日记就是你。"听他的语气，如同解释一加一等于二一样理所当然，"只要能够完成核电站的修复，那么我们就有足够的能源和算力，让所有的进人都完成上传，数字文明将彻底抛弃肉体的桎梏，得到真正的自由！"

"你们疯了！一群人泡在缸子里疯了……"

似乎有什么东西抽取了海光的最后一丝气力，他无奈地垂下双手。婷突然明白了，原来海光对地球是有一个梦的。而当赢弱的"数字文明"和蛮荒的"物质文明"在他面前相互碰击，这个梦，关于蓝天大海勇者公主的梦"咔嚓"一声破碎了，变成了千千万万个悬浮的苍白躯壳。

她开口试图打破尴尬的沉默："08，谢谢你的讲解，可能我的同事需要一些时间来消化，但我们尊重每一种文明的形态，即使人体退化成这个样子，'数字文明'也是值得敬佩的。"

"不是'人体退化成这个样子'，而是'进化'成这个样子。"08纠正道。

此时海光盘腿坐在海水里，瞪着容器内漂浮的人体发呆。婷接着说："好的，进化。我们送上漂流文明最真挚的祝福。那个……海光，傍晚快要到了，捕手号回归星梭轨道已经进入倒计时，你也应该回同步轨道了。"

海光怔怔地起身，做出离开的姿态，但又想起了什么，回过头道："说实话，现在的我比任何时候都更加支持祖先的决定——掌握了能量的使用方式，我们就是自由的。"

他说完，四周便陷入沉默，唯有海浪一拍一拍地打着节奏。

"海光，时间。"婷在高空催促道。

"还有最后一个问题。"海光忽视了婷的催促，转向08说道。

"问。"

"意识上传结束后，准备怎么处理'退人'？"

"他们也没给我留下别的选项，不是吗？他们一次又一次地来破坏我的设备，几百年来都如此，今后还会是如此。如果不想有一天中枢电脑被他们用粗暴的方法弄坏，我们只能果断一些了。"

"所以……在全体进入数字化之后，你会释放病毒，彻底毁了所有还有肉身的人类？"

08 没有否认。

西奥多（四）

海上的风浪已经大到了危及生命的地步，船被推送上浪端，又被狠狠摔下，西奥多感到内脏也被撞成一团。

海浪遇到峡湾，变成巨大的翻涌，而恶劣的天气让这一切变得更糟。在陡峭的岩壁下，波涛断裂拍出的浪花可以飞溅到 10 米开外的小船上，预示着水面之下，存在无数旋涡和暗礁，随时可能把红影木船碾成碎渣。

"现在靠岸就是送命！"很快狂风吞没了西奥多的声音。

"如果你真的害怕，今天就不该带着试炼之印证回来。"

"不能晚一点儿上岸吗？"

"不能，圣坛的火要在傍晚点燃，时间不多了。"父亲和风雨搏斗，给出的回答没有质疑的余地。

"我为什么要听你的？"西奥多停下了手上的桨。

"我从小就这样教你，也这样教威廉，一个男人应该承担起他的责任。没人逼你做御火人，这是你的自由选择，从你带回试炼之印证的那一刻开始，你就要为此负责。"

"那你呢?！你现在已经不是御火人了，为什么还要跟着我一起送死?！"

"因为我是你的父亲，教育自己生出来的家伙，这也是责任，对儿子的责任！"

"责任?"

"是的，责任。在你小的时候，我没有照顾好你母亲，对你也疏于照料……"父亲从狂风骤雨中转过身，西奥多愣住了，"现在的你令我骄傲，儿子！我亏欠你一句道歉，我希望它不算来得太晚……"

西奥多感觉心里被什么狠狠撞击了，这和船只的摇摆无关。他没有想到在狂风怒号的此刻，在远离大陆风雨飘摇的海面上，父亲说出的话，是他前半生里从没听过的……他心里的一个结扣似乎松动了。

一个浪头拍来，狭小的船舱里进水了，两个人的重量加上风雨飘摇的海面，船正以肉眼可见的速度下沉。

但，那又有什么关系呢?

他看见父亲顶替上自己摇桨的位置，全力划动，想把船靠近峡湾。

"老头子，你不是有肩周炎吗！"

"骗你的！年轻人划船，老人家优哉地看风景，这不是自然规律吗?"

父亲爽朗的声音穿过了风雨，直达西奥多隐藏在内心深处的那个斑鬣狗和野兔林之夜，原来，他还是那个不知所措的小男孩。

听到了父亲的声音他就什么都不怕了。也许，那么多年他想找的答案根本不是闪烁之神的存在……而是父亲的这句话。

"我不仅没肩周炎，还比你想象的结实多了！等今天结束，你乖乖接了我的班，我就要离开埃尔斯部落。我要往东走，靠近太阳升起的地方，那儿水草也更加丰美。我要击败那里部落的御火人，迎娶他们最漂亮的女人，她会为我生下许多后代。看好你的女儿，同姓之间万万不可通婚……这是闪烁之神的旨意……"

父亲规划着未来，同时又在与过去的什么东西进行交割。

"你是老糊涂了吧？说过的话又重复一遍。你老了！你做不到这些了。省省吧，正好我需要一个助手……"西奥多脱下上衣，厚实的帆布料子围成一个袋子，双手持着，将海水一兜一兜地向船外倾倒。雨点和飞溅的海水打在脸上，他分不清楚究竟哪个更疼一些，但动作依旧轻快而迅速。

"我没听错吧，做你助手？"

"对！助手！我早不是单手就能提起来的小崽子了，现在的我力气比你大，箭法比你准。接过你的班你可以放心，虽然你说的那些闪烁之神、预言之舟的理论狗屁不通，但我也会勉强担起责来……因为你似乎还蛮看重它们的！"

西奥多笑了出来，他重新审视了一下自己的处境——在一条生死未卜的船上，去执行一个异想天开的任务，有一团莫名其妙的火等着他点燃，此时还因为往船外排水而感到体力透支——但他却感受到了肆无忌惮的快乐。

父亲大笑着摆摆手说："助手！小子！这实在是太丢人了。如果让我当顾问，那还可以勉强接受。"

西奥多刚想开口反驳，一阵猛烈的晃动袭来。

咣——

　　一声巨响，下击暴流掀起风浪，小船被甩到礁石上。西奥多因为愣神忽略了周遭的危机，没来得及抓住船舷，冲击把他甩出船外。

　　在一瞬间，冰凉咸涩的海水就占据了他的感官。他不再听到风，而是被巨大的旋涡拖拽到水底深处。唯一能做的只有屏住呼吸，他也想用双手抓住一些可以固定的东西，却只有流体从指间滑过。

　　迎面而来的是海流中夹杂的碎木块和碎石块，它们在黑暗中碰撞着四肢，提醒着他自己还活着，但西奥多明白其实也活不久了。

　　成年人可以在水中闭气 3 分钟，超过这个时间，大脑会失去意识，呼吸道被迫打开吸入海水，肺部进水意味着溺毙。当然也有别的可能——在溺死之前，就先随着乱流被礁石砸烂，这样的话，寿命可能就剩下不到 3 分钟了。

　　西奥多沉沦到了意识的边界，突然他感到一双手从他腋下绕过肩膀，熟悉又陌生，结实又老迈。有人牵引着自己向上，拖到有微光的地方。

　　看来，刚刚的话还是说早了……那么多年过去了，自己居然还是那个用手就能提起来的小崽子。

　　他这么想着，安心地把自己托付给黑暗……

　　西奥多再醒来的时候，雨已经停了，他平躺在目的地的岛屿上，后背的触感是阴冷潮湿的石块。他松了一口气，但下个瞬间，却又被遍布全身的剧痛折磨得皱紧了眉头。

　　"你的伤口我检查了，都是皮外伤，不会出人命的，我就不帮你处理了。"父亲的声音传来。

　　西奥多心想，父亲果然还是老样子，对自己的儿子心特别硬，巴不得他们都是睡一觉伤口自动愈合的怪物。可是当西奥多一抬头，吐槽的欲望就烟消云散了。

父亲坐在一块礁岩上，保持着上半身的僵直，头微微下垂，把苍白的脸埋在阴影里，从胸腔的起伏看得出他呼吸急促，就像一只被捞出鱼缸的金鱼，四周都是空气，却怎么也呼吸不到。

父亲对上西奥多的目光，勉强用下巴指一指左胸："撞在石头上，肋骨断了。"

"不要乱动！折断的肋骨刺穿肺叶的话，会让内部出血，压迫周围脏器，你会死的！"

"我没动。"父亲低声道。

"现在风和雨都已经停了，我把你送回去……"

"即使我活着回去，又能怎样？医疗条件我知道的，当年夺走你母亲的生命，今天一样可以夺走我的生命。"

西奥多沉默了。

海上的雨幡飘走，天气渐渐晴朗起来。太阳从云层间隙里透射出橘黄的光——快要日落了。白昼和黑夜的交替在自然界里如此迅速，它不会顾及人的生老病死，更不会顾及有些心结刚刚解开，有些问题刚刚得到答案。

"去岛上最高的地方，那里有一扇门，打开那扇门。你……咳！咳！"父亲的嘴角沁出一丝淡红色的血沫，西奥多知道他无法捉住一个消失的生命，就像无法捉住流星的尾巴。

"然后呢？"他追问。

"你走进去会看到闪着荧光的操作界面，有语音提示的，按照指示……就可以切断 #08 供电系统，将电源接入整个照明电路。"

"照明电路？！"西奥多不相信自己的耳朵。

父亲从贴身口袋里翻出一个破损的透明球体："你还记得这个吗？也许因为身边没什么跟你相关的物件吧，我就留下来了……"

西奥多一眼就认出来了，那是 7 岁的自己在那个迷路的夜晚，从铁杆子上摘下的透明"水晶小球"！

"御火人一直守护的圣火，就是它……"父亲的额头渗出细密的汗珠，这意味着他正忍受着剧烈的疼痛，"闪烁之神还在人间时，亲自挑选了第一批御火人，和他们一起铺设供电系统，把无数这样的灯安装在世界的各个角落。神与御火人定下了契约，待他离开大地后会留下法力，通过黑匣子的闪烁泄露天机，让御火人的部落未卜先知。而作为回报，御火人世代传承他的秘密，守护圣火。他离开前曾告诉我们，342 年之后的今天，预言之舟将会再次降临，我们要做的就是在降临之日为他点燃圣火。"

"你的意思是……闪烁之神真的存在？"

父亲艰难地点点头："你所看到的一切，哪个不真实存在？圣火、神谕、光之域……只不过，虽然我们御火人传承闪烁之神的丰功伟绩，却也为它保守秘密，它的身世、它的过往、它的动机我们都讳莫如深。"

"我真的不明白……它为什么要这么做？弄了那么多的规矩，又是御火人，又是世代传承，只为了点亮几盏灯？为什么有人会这么做呢？"

"我不知道……也许闪烁之神，也和什么人有个不能违背的约定吧……"父亲道，他已经很虚弱了。

"父亲！"

"是啊……你倒提醒我了……这一辈子……我从来没问过自己这个问题，费那么大劲儿，就为了点亮那些灯……到底是给谁看呢？……哪个疯子会这么做呢……"

父亲在问西奥多，又是在问自己，但他似乎并不在意能否得到答案，随着句子和微弱的气息一齐吐出，就缓缓闭上了眼睛。

太阳要下山了。

西奥多背对夕阳，将父亲失去生命指征的身体放平。

"又是哪个疯子……自己快没命了，还要催着儿子完成仪式呢？"他小声念叨着，背脊上传来的温热渐渐消逝，他知道这意味着点燃圣火前的时间不多了。

人就是这样奇怪，几个小时之前，西奥多还觉得御火人的职责愚蠢至极，现在却是他愿意用生命去完成的承诺。

所幸这是一座不那么大的岛，刚才受的伤也不算太重。西奥多简单包扎伤口后，就手脚并用攀上布满鸟巢与鸟粪的崖壁。果然如同父亲所说，最高处有一扇凿在山体上的门。他推门而入，室内与他熟悉的世界截然不同，全是电线和电子屏幕，机器转动，有细微的轰鸣声。

这里鲜少灰尘，似乎父亲经常打扫，一切被料理得井井有条。检测到有人进入，最大的屏幕亮起，显示出几行字，同时伴有机械男音响起：

"新一任御火人，你好。我是 #08 服务器大陆南部沿海地区的控制中枢。

"是否确认点燃圣火？

"提示：确认后，大陆南部沿海地区将切换为照明模式，停止向 #08 服务器供电。"

西奥多犹豫了一下："服务器？指的是山洞里那些黑色的，会闪烁的盒子吗？如果……'停止向服务器供电'，会发生什么？"

"是的，那些黑盒子就是 #08 世界的服务器，切断了它们的电源，#08 世界就不得不大幅度缩减算力。大部分服务器将进入一小时的休眠状态，会有相当大的一部分液态存储数据丢失，绝大多数 #08 世界居民的数据将被抹去。"

"你说的大部分意思我都不懂。人的数据被抹去是什么意思？"

"在 #08 世界，就是死的意思。"

西奥多皱眉，果然，第一天成为御火人，在没有搞清楚状况的情况下被委以重任，确实不是一件容易的事，他现在能够做的，只有再谨慎一些："会有人死？什么样的人会死？"

"数据抹除是随机的，所以仅会随机留下 5% 的人口，但介于 #08 世界居民的特殊性，这 5% 的人口会迅速复制和演化，数字文明会顺利存续。"

"那……"西奥多想了一会儿，"虽然我不懂为什么那些盒子里会住着人，但我希望活下来的那些人不是随机挑选的，而是善良的人和真实的人。"

过了一会儿，机械男音再度响起："收到，亲爱的御火人。应你的要求，筛选幸存者的机制修改为达成'真实'的人。我已拟好向 #08 世界集体发送的广播，将在地球时间 19 点 44 分 59 秒发送——

'亲爱的 #08 世界居民，抱歉地通知大家，为了满足外部世界供能需求，#08 世界不得不大幅度缩减算力。大擦除定于今夜进行。届时——'"

"等等，"西奥多打断道，"19 点 44 分 59 秒发送通知？我记得点火时间是 19 点 45 分，对吧？只给他们 1 秒的时间，够做什么呢？"

"足够了。#08 世界是由算力和信息构成的，在那个飞速运转的世界里 1 秒相当于一天了，能在一天的时间里找到'真实'的人，就会成为数字文明的传承者。"

西奥多依旧不明白，但在这一天中他经历的事，又有几件是能想明白的呢？人类进化到今天，又有几件事情是自己能够事先想明白的呢？……就像他想不明白"闪烁之神"降临之后会为他们带来什么，但他却相信草原上的未来不仅仅属于羚羊，还属于猎豹和他的族人。

"好，就按照你说的去做。我，西奥多·埃尔斯，作为大陆东南沿海第 25 代御火人，确认点燃圣火。我将带领我的子民恭迎预言之舟的到来，愿闪烁之神带我们走出迷茫，赐予永恒的安康。"

他念出这些话，仿佛又看见了父亲。

S912（四）

S912 在 9000 多岁的生命里第一次感到寒冷。从前他只知道立毛肌是什么，但从未起过鸡皮疙瘩，今天他冻得感觉不到自己的鼻子、耳朵和每一根汗毛。

在一处较为平缓的冰壁上，他正缓慢向上挪移。冰镐打进头上方的冰里，碎裂的冰碴脆生生地落下来。现在已经是下午 6 点多了，距离大擦除的时间还有一个小时。以现在的状态，别说爬到山顶了，他甚至不可能从冰裂谷里出来。

太阳只剩下一点儿边角料了，余晖照在上方的冰壁上。

S912 想看看 #08 世界里最后的夕阳……这夕阳陪着自己走过了 9000 多年，也曾经照射在每一个古人身上。

可是当他眯起眼睛去聚焦那一抹阳光，目光之极限停留在头顶的一线天，冰裂缝的边缘上似乎出现了一棵树？ S912 怀疑自己有了雪盲的症状，于是他闭眼，良久，再睁开。

没错，那是一棵树，一棵槭树，华盖像火一样烧在冰裂缝的顶端。

一种不知因何而起的冲动让他想凑上去一探究竟。

"这不科学。这不是幻想地图，写实地图里的引擎严格复刻了物质世界的规律，槭树没办法在这个高度生长。"

S912 自言自语道。他将冰镐再次挥入冰壁中，双脚小步向上移动，直到肩膀跟低处镐的镐头齐平，两只鞋上的冰爪嵌入冰中，牢牢将重心吸附在高处。而这一系列动作也大幅消耗了他的体力，高原带来的缺氧让他四肢和意识都出现懈怠，不得不不时地停下动作大口喘气。

思绪完全不受控制，他想起了希拉里台阶，这一簇著名而陡峭的岩脊是通往世界最高峰的必经之路，在大争论之前，曾经断送过几千条的性命。据说他们的尸体因为无法被运下 8000 米的高度，至今还留在山上，皮肉已经完全革化。

而今天 #08 世界里几十兆人都要死，却不会留下一具尸体，一滴血。

所以，哪个故事更加血腥？

"喂，需不需要搭把手？"一个声音从上方传来，S912 循着声音看到了一个模糊的人影。K1289888 出现在冰裂缝边缘，高山和寒冷对他没有丝毫影响。

S912 看到老朋友的到来，显得疲惫而兴奋："怎么样，你找到'真实'成就了吗？"

"没有，我的 10 个分身翻遍了 20000 张地图，所有和真实世界有联系的地图，我都翻遍了。没有。"

"至少最后一天你过得挺充实。"S912 戏谑地说。

"你可真乐观。"

一条绳子从高处甩下来，S912 将它与自己腰间的挂环绑定，又拉拉绳索示意，渐渐地，一股向上的拉力传来。

"你怎么就这么点儿劲儿？"S912 向上喊。

"我也不知道，好像……好像物理引擎发生了变化……我拉不动你。"

S912 只好在此之外，也依靠自己的力量向上攀登。

他们的距离渐渐缩短，S912 看见 K1289888 摇了摇头抱怨道："那个疯子死了那么多年，到今天还把我们所有人都折腾疯了……你知道我都看到了什么？"

"看到了什么？"

"我到了外事局，那里是做什么的你知道吧？记载着外部物质世界的所有数据，并且用它们预测外部世界会发生什么，最后再以摩尔斯电码的形式传给物质世界的人。在那里，我看到从 100 多年之前开始，物质世界的照明系统就进入启动程序的准备阶段。为了这个庞大的工程，有人不惜为此付出生命。我甚至在影像资料馆里亲眼看见了10年前一对非洲南部的父子，为了到达照明系统控制中心，驾着一艘小船，冒着狂风暴雨出海。"

"后来呢？他俩怎么样了？"

"父亲溺死了，儿子到达了控制中心，介于他们的一瞬就是我们的一天……大约现在他已经发出了点火指令吧……从极北之地到炎热的沙漠，几十年来，这样的故事一直在发生，成千上万的御火人都在行动。"K1289888说着，视线接触到了S912裸露在空气中的手，"等等，你受伤了？"

"是，不碍事的。"

"这是怎么回事？冻伤？#08世界里，不应该存在这种设定啊……"

在K1289888晃神之间，手上一个不吃力，绳子从手中滑脱，再伸出手够，竟发现绳子那头的力道突然变得如此之大，自己原本站在冰雪边缘，脚下一个趔趄，也被拖拽下了悬崖。

只有一棵不合时宜的火红的槭树，见证了这一切的发生。

海光（五）

海光跳上身边的登陆舱，却没有返回同步轨道，而是又向核电站开去。

"海光！你要做什么？！赶紧回来，星梭分裂出的引子马上就要为捕手号施加加速场了！"婷在频道里大声警告。

"婷，抱歉，我有些事情没有处理完。"

登陆舱在阳光与海水之间穿梭，强大的气流使得平静的海面变得波光粼粼。景色在海光瞳孔中迅速切换，他忽然有了一丝幻觉……自己的祖先曾经也是这样在滩涂上奔跑，有的是因为被野兽追捕，有的是因为追逐心爱的姑娘。

登陆舱最终停在了核电站废墟前。海光径直走到关押退人的房间前，无视铁栅栏内的退人惊异的目光，将激光武器对准焊死的锁头。

在 08 的控制下，此刻所有黑漆漆的发射装置都指向他。

"你要做什么？"

"我们来谈个条件吧。你放了他们，我会守着核电站，直到意识上传完成的那一天……"

"海光！你疯了！赶紧回——"海光将通信器调为单向传输的模式，婷的反对被打断。

"你有什么资格跟我谈？不怕我把你也杀了？"

"这一套对冷兵器时代的人有效，我将自己的武器和使用方法都留在了登陆舱里，如果我死了，退人可是有手有脚的，而且他们不像我这么好说话……我的要求很简单——在意识上传后的世界里，不要释放病毒，和退人一起在地球上生存。"

"这是不可能的，之前他们一次又一次地来捣毁我们的设备……"08说道。

"是可能的，只要他们把你们奉为宗教就可能。只要他们崇拜你们，敬畏你们，以宗教的名义为你们进行硬件维护——我想这一点一直令你苦恼吧？如果消灭了世界上所有的退人，失去外界帮手，你的硬件设备只会随着时间推移损坏得越来越多。"

08 的犹豫让海光看到了希望。此时，牢笼内几个精壮的退人愤怒地喊道："你还没问我们的意见吧？我们为什么要跟这些残废共享地球？为什么要把他们奉为神？"

"因为当所有进人完成意识上传，他们的整个文明体就只在一台电脑里，不会与你们抢夺资源，不仅如此，还会给你们、你们的后代提供气象和地质灾害的预警，他们拥有强大的感应器和计算能力，甚至能预测农作物的长成和鱼群的出现。"

"他们擅长蛊惑！"退人的头儿说道，"信息、科技、预知这套东西，他们会用这些来分裂我们的族人，之前又不是没试过！为了防止被蛊惑，我们已经下了电子禁令，只有彻底毁灭他们，我们才有安宁！"

"我可以做出一些限制，如果他们只能向现实世界输出少量信息、传递低频次的信息流，比如，对特定问题回答是与否，这样一来……就不能挑拨离间了，不是吗？我们一起设计一套交互方法，可以是特定的声音、图像，甚至是只能表达 0 或 1 的频闪！进人和退人取长补短，共同在星球上生活下去，这是我唯一能想到的地球文明的出路。"

"为什么你要这么做？"

"我也说不清。"海光低声说道。

"可这过程很难，你想过吗？如果我翻脸了，随时可以杀了你。"08 声线冰冷。

"我们也可以随时杀了你。"退人摇晃着铁栅栏对海光喊道。

"哈哈……看来我们已经有了一个好的开始！至少在杀我这个问题上，你们达成了共识！"此时海光一手将武器对准铁栅栏内的退人，一手试图解开他们门前的锁。但在这个诡异的姿势下，他居然笑了出来。

　　昏暗的室内，他通过丁达尔现象的光条感觉到自然光在外界迅速变换，笑声结束后，气氛是凝滞的。他手中的爆破性武器，在能量至上的漂流文明算得上复古，但通过多孔硅和氧气产生连锁反应，威力超过同体积 TNT 的 100 倍，依旧可以毁灭半个海滩。

　　"别这样看着我，我又没在玩花样。"海光熔开铁栅栏，对上了头儿疑惑的眼睛。周围剑拔弩张的气氛似乎在一点点儿缓和，08 的声音在此刻响起："我有个要求。你的能源，你登陆舱上所携带的能源，我们都要了。这样的话，完成全体进人意识上传的时间就会大大缩短。"

　　"可以。"海光不假思索地答道，"但我也有个要求，能给我一些独处的时间吗？或者说，你们维持现在的状态不要互相伤害，等我回来就行。"

　　08 迅速会意，没有阻拦海光，让他安静地一个人走向门外。

　　此刻海上的太阳已经沉下去大半个，倒影随着海浪的翻滚被撕扯成猩红的一片。他将通信器切换回双向通信模式，预想之中狂风暴雨般的责难并没有到来，半晌，只有一个哽咽的女声："海光，现在还来得及。我以捕手号指挥官的身份命令你！登陆舱就在不远的地方。快回到登陆舱，启动返航模式！"

　　"唉……婷，你……还是老样子啊。"

　　"……求你了！跟我回去！回到母舰……"

　　"我们离开的时候就应该有这样的觉悟，即使回到母舰，所有亲人也都已经逝去，既然这样，留在地球又有什么不同呢？"

婷的声音因为绝望和哭泣而变成滑稽的颤音："有的，有不同的！至少我们两个的时间轴还是一样的！回来，回来你还有我！"

海光微微一怔，一时间所有情绪涌上来，在嘴角化成一个苦涩的微笑："……对不起，婷。大争论……能量、物质、信息，究竟哪一个才是人之根本？我想这个问题从来就没有答案，我能做的，就是让诞生这个问题的这个星球继续运转下去。或许，未来漂流文明的人还会路过地球，那个时候他们就能找到答案了。"

通信器里的女声渐渐停止了抽泣："如果你不走……那……就让我来寻找大争论的答案吧。我会回来的，回到母舰复命之后，我会直接通过下一列星梭折返！时间大约是……"她迅速读取屏幕上运算之后的数字，"342 年！"

"如果，你到时候没有找到想要的答案呢？"

"那我就下下次再回来！如果还是没有，就下下下次……"海光看不见婷的脸，但仿佛可以看见那双熟悉的眼睛。

"但是……这里可没有冬眠装置，342 年以后我早死了。"

婷顿了一会儿，缓缓开口，这次终于不再有哭泣的颤音："海光，我一直有件事情想问你。想了很久了，今天老实回答我好吗？"

"好。"

"那次毕业前的定向越野，我昏迷在半路的那次，是不是你把我送回营地的？"

"没想到你会问这个……"

"我问你是不是？！"

"你还是一样倔啊……"

"……我就知道是你。"婷叹了一口气,"把我送回去了,你为什么还要走呢?直接一起进营地你不也就完成考核了吗?"

"那样的话……我的分数就比你高了,就没办法跟你一起在毕业典礼上讲话了。"

"……"

在接下来的时间中,他俩没有再说话。婷听见那头传来海浪的声音,泡沫和沙砾正一次又一次有规律地摩挲海岸线,雕刻出大自然原本赋予陆地的形状,听着真让人安心。太阳一点点沉下去,颜色越来越红,她被景色美得不敢睁开眼睛,似乎就在夕阳和海浪创造出的宁静空间里,他们一起度过了一生。

海光看了看时间:"引子是不是已经和捕手号连接完毕了?"

"嗯,加速马上开始了。可能再过两三分钟,我们的通信就会被迫中断。"

"还有两分钟啊……不如……你给我唱首歌吧。"海光愉快地说。

婷清了清嗓子,她几乎没有思考,就选定了这首歌,一首地球时代的老歌,漂流文明的祖先几乎删除了所有地球上的音乐,不知为何却留下了这首:

Across the oceans, across the seas

飞越万水千山,掠过茫茫沧海

Over forests of blackened trees.

穿过漆黑丛林里树影幢幢

Through valleys so still we dare not breathe.

飞越那令人缄默的静寂的山谷

To be by your side.

去到你的身边

…… ……

Every mile and every year.

这一里里，一年年

For every one a little tear.

一人心里的泪光点点

I can not explain this，dear.

亲爱的，要我如何解释

I will not even try.

我也不想流连

…… ……

For I know one thing.

我只知道

Love comes on a wing.

爱乘风归来

For tonight I will be by your side.

今夜，我将守在你的身边

But tomorrow I will fly.

然而明日我又要飞远

清亮的女声在逃逸层的顶端，最稀薄的空气里飘扬。

婷不知道自己唱了多久，直到她从通信器里再也听不到海光的呼吸声。

西奥多（六）

西奥多站在海岛的高处，看见远处的海岸线被灯光点燃。透过氤氲水汽，橘黄色的暖光映射到云层之上。自从大争论之后，这片大陆就没了人工照明，黑夜是纯粹的黑，而现在它被无数手掌大小的灯点亮成灿烂一片。

"时隔342年还要我们费这么大工夫，闪烁之神真是个麻烦的家伙啊……"西奥多自言自语道。

他清楚地知道，此时在世界上的各个角落，每个区域的御火人都点亮了辖区里的灯火。从干旱的沙漠到极北之地，也许这些御火人互不相识，但因为一些神秘的信仰，他们在同一时刻响应了闪烁之神的号召，共同点燃了地球。

他将父亲的尸体搬回船上，在一片静海中向灿烂的灯光划去。

"回去了……无论是闪烁之神也好，预言之舟也好，回归物质也好，这次我全听你的，你满意了吧？

"嗯，好好好，还有部落，我会照顾威廉，我会照顾部落里的老人和孩子。

"你要求真多啊！明白了，我会找个南部最漂亮的女人，给你生一群孙子……让他们继续侍奉闪烁之神……这样总行了吧？"

西奥多自言自语道，他感觉眼眶变得温热。

哭了的话，就太丢人了吧？为了阻止泪水的坠落，他猛抬起头，却意外发现朦胧中的那片璀璨的灯光发生变化了。

它开始了闪烁。

S912（六）

S912 下方悬吊着 K1289888，连接他们的是一条细绳。他们两人的重量全都依靠着 S912 手中的冰镐和脚上的冰爪。不知道这样的姿势维持了多久，直到他们听到来自系统的通知：

"大擦除即将在 5 分钟后开始，请各位居民合理安排时间，系统即将进入休眠倒计时。"

通知结束，意味着他们只有 5 分钟的存活时间。S912 叹了一口气："唉！你说你是来救我，还是来给我添堵呢？"

"我从来没有遇到过这种情况，我刚刚都试过了，这张地图没办法关闭，也没办法用主观意识瞬间转移，现在连还在其他世界里的备份都不见了。大约是大擦除的时间快到了，需要处理的数据太多，这肯定是系统异常吧。"

"你可真重！"S912 抱怨道。

"你不也是！我刚刚在上面被你给硬拽下来了！"K1289888 像一只蜘蛛悬挂在一根蛛丝上，腰间的绳套便是他全部的依附。

"现在好了，我俩对调了，现在是你在下面拽着我。知道在外面的物质世界里，如果登山者遇到这种情况会怎么做吗？"

"会怎么做？"

"这种情况下，我应该割断绳索，这样至少两个人里还能活一个。"

"……至少两个人里还能有一个多活 5 分钟。" K1289888 纠正道。

不知是因为释然还是因为自嘲，这蹩脚的调侃竟然让两人一齐笑了起来。

而此时的冰雪之上，一片槭树叶子从那棵诡异的树上脱落，伴随着笑声缓缓飘下深渊。这片刺眼的火红色先划过了 S912 的眼前，他先是一惊，本能地伸手去抓，已经有些晚了，只能看它向更深的谷底飘去。

"抓住那片叶子！"他对下方的 K1289888 大喊。

K1289888 调整身体的角度，用力一蹬冰壁，如钟摆一般晃出去老远，一把抓住了那片叶子。

第二片叶子又飘下来了，也被 K1289888 牢牢抓住。

很快叶子像雪花一样纷纷落下，S912 光用单手就抓住了好几片。

"这些叶子！每一片都不一样！" K1289888 在下方惊叫道。

听罢，S912 用指腹将两片叶子捋开展平，在手中细细查看。

果然，与他之前看过的千千万万片叶子不同，手中的两片有着截然不同的叶梗和脉络。

在这个瞬间他忽然明白了，在他无数次运行地图之后，在他无数次尝试用自己的数据库拖慢服务器之后，存在于两片叶子之间的真实，就是 #08 世界给他的最好的回馈。

"S912，恭喜你达成'真实'成就，在漂流文明归来之后的时代，你的数据将存续。"系统给他发来了通知。

寒冷和缺氧的感觉袭来，他头疼得几乎睁不开眼睛，手因为长时间用力而渐渐变得麻木，已经渐渐握不住冰镐了。但此时，S912 心里却比任何时候都充满了期待。

海光（六）

从这颗暗淡的蓝色星球的角度来看，婷再次回到地球，是 342 年之后的事了。但对她来说，只过了短短的一天。

像上次来这儿的时候一样，脱离星梭的轨道后，引子为他们进行减速。刚刚经过柯伊伯带，婷就开始搜索来自地球文明的信号。

但除了背景辐射造成的宇宙噪声外，她一无所获。

婷感到了绝望，海光是不是地球文明灭亡之前的一撮炮灰？

婷甚至可以想象，在她离开后，海光凭借一己之力在数字文明和物质文明之间筑起了脆弱的平衡，但不久就被轻易打破，拥有强壮肉体的人绞杀了所有机器，而拥有信息技术的人毁灭了整个生态圈……

那么生命的最后一段时间里，海光是怎样的呢？

也许他成了纷争的第一个牺牲品，而更糟的情况是他活了下来，守望着日渐破败的信息文明，也许会为他们做一些徒劳的修补工作，也许和几个残存退人部落的首领交好，教会他们识别一些前大争论时代里人类的古文字。

但那又有什么用呢？

在他日渐衰老，地球文明也日渐衰老的每一天里，他如同一个守灵人，低头是蒿草渐长的绝望坟头，抬头是让李白思故乡的明月，而比明月更远的地方，是他再也回不去的母舰，是他再也见不到的人。

巨大的星舰缄默地前行，此时地球已经能用肉眼看见了，婷能凭着晨昏线上大气折射的冷光，看到朦胧的海岸线、云翳笼罩的南美洲大陆和冰层覆盖的两极——他们从太阳系外侧进入，他们现在能看到的正是地球背对太阳的一面。

婷的心被狠狠刺了一下——这一面是漆黑一片。和地球全新世之前的所有时代一样，一片晦暗，没有一丝人造暖光亮起。

没有光意味着失去在黑暗中生产的能力，也意味着蒙昧。她甚至不知道在这片黑暗中，她能够找到多少属于 342 年前海光的印记……婷渐渐低垂下眼睑。

直到身后的同事突然叫出声："等等！……那是什么？！"

婷猛地抬起头，透过舷窗却看到了不可思议的一幕。

黄色的温暖的灯光正一簇簇沿着大陆边缘绽开，一开始是沿着海岸线的零星散点，渐渐它们向光晕外沿蔓延开去，点和点连成了蛛网，如同巨大生命体的神经网络。

"那是……"婷和她的同事们惊呼道。

那是文明。

从钻木取火的时代开始，人类就崇拜黑夜中的亮光，这是他们与其他生灵的不同之处，无数年之后还是如此，这颗星球用这样独特的方式，用带有橘黄色光晕的夜空，描摹了文明最美的形状。

更加让婷惊讶的是，过了不久，那些亮点聚合起的无数光斑开始发出规律的闪烁。

在她眼里，整个非洲大陆的海岸线的形状，此时正随着光影明灭而一下下地跳动。

"我……我没有看错吧？那些灯光……在闪？！"

"这是在传递什么信号吗？"

婷没有看她的同事，眼睛仍盯着舷窗之外。此时距离地球已经很近了，黄色的灯光逼近，成为视野里灿烂的一大片，如同金色的野火。婷迅速将情绪从震惊中抽出，随着光的闪烁轻轻敲击舷窗，短、长、短、短，停顿，长、长、长……

她立刻明白了。

泛着泪光的眼睛几乎可以看见，那是许多年前和海光一起上过的通信史课，一个平常至极的下午，教授正在用单调的声音讲解着人类最早的远程通信方式，而海光在床边微微打着盹儿，她在一旁记下笔记："摩尔斯电码，考点。"

"海光……你这家伙心机太重！居然装睡！那节课明明你都听进去了……"

"嗯？指挥官？你在跟谁说话？"

"没有，我在解读灯光闪烁传递出来的信号。这是一种密码。"

"这是智能生命传递给我们的信号？是在发出警告吗？！需要我们向它们传输信号，表明自己没有敌意吗？"

"不需要了，"婷摇摇头，"这是一首老歌。只是……唱歌的人，已经死去很多年了。"

From the deepest oceans to the highest peak.

从海底到山巅

Through the frontiers of your sleep.

飞越你梦境的边沿

Into the valley where we dare not speak.

在令人缄默的静寂山谷里

To be by your side..

我要回到你身边

…… ……

Darling，I will never rest till

亲爱的，我将不眠不休

I am by your side.

直至回到你身边

Every mile and every year.

这一里里，一年年

…… ……

Time and distance disappear.

光阴似水流年

I can not explain this，dear.

我该如何解释，亲爱的

No，I will not even try.

不，我不该流连

And I know just one thing.

但我清楚地知道

Love comes on a wing.

爱在向我飞来

and tonight I will be by your side.

就在今晚，我要陪在你的身边

But tomorrow I will fly away.

但到了明天 我又将飞远

Love rises with the day.

爱在与日俱增

And tonight I may be by your side.

在今夜我可会守候在你的身边

But tomorrow I will fly.

但到了明日，我又将飞远

Tomorrow I will fly.

飞远

Tomorrow I will fly...

飞远

图书在版编目（CIP）数据

地球无应答 / 王诺诺著 . —长沙：湖南文艺出版
社，2019.4
ISBN 978-7-5404-8890-1

Ⅰ . ①地… Ⅱ . ①王… Ⅲ . ①科学幻想小说—小说集
—中国—当代 Ⅳ . ① I247.7

中国版本图书馆 CIP 数据核字（2018）第 257002 号

上架建议：小说·科幻

DIQIU WU YINGDA
地球无应答

作　　者：王诺诺
出 版 人：曾赛丰
责任编辑：薛　健　刘诗哲
监　　制：毛闽峰　李　娜
特约策划：李　颖　雷清清
特约编辑：孙　鹤
营销编辑：吴　思　刘　珣
封面设计：果　丹
内文插画：@Robin_彬仔
版式设计：霍雨佳
出版发行：湖南文艺出版社
　　　　　（长沙市雨花区东二环一段 508 号　邮编：410014）
网　　址：www.hnwy.net
印　　刷：三河市百盛印装有限公司
经　　销：新华书店
开　　本：875mm×1270mm　1/32
字　　数：155 千字
印　　张：7.5
版　　次：2019 年 4 月第 1 版
印　　次：2019 年 4 月第 1 次印刷
书　　号：ISBN 978-7-5404-8890-1
定　　价：42.00 元

若有质量问题，请致电质量监督电话：010-59096394
团购电话：010-59320018